La chanteuse

de

Nan Clark's Lane

J. Delahaie

La chanteuse

de

Nan Clark's Lane

Romance

Édition : BoD – Books on Demand, info@bod.fr
Impression : BoD – Books on Demand, In de Tarpen 42,
Norderstedt (Allemagne)

Impression à la demande

Illustration : BOD

ISBN : 978-2-3225-3930-7
Dépôt légal : Mai 2024

CHAPITRE 1

Il était à peine 8 heures du matin lorsque le téléphone de Kelly Mundty la réveilla. Ce n'était pas une heure habituelle pour cette musicienne londonienne. Avec un ami, Mike Cesena, elle avait monté depuis quelques années un tour de chant. Ils agrémentaient leurs chansons de numéros de prestidigitation et de scénettes humoristiques. Ce mélange varié plaisait au public, et ils commençaient enfin à pouvoir plus ou moins vivre de leur passion. D'ailleurs, la veille, ils avaient donné un concert à 300 km de Londres dans la campagne anglaise.

Kelly et Mike s'étaient ensuite relayés au volant de leur camionnette pour rentrer à Londres la nuit même. Mike était descendu à proximité de son logement dans le quartier de Soho, puis elle avait rejoint vers les 5 heures du matin son studio meublé vers Hendon Park, en lisière de Londres, au nord-ouest de la capitale. Autant dire qu'elle avait prévu une seule chose ce matin-là, dormir le plus longtemps possible...

Elle se retourna dans son lit, plaquant l'oreiller contre ses oreilles, espérant ne plus entendre la ritournelle que Mike lui avait spécialement composée à la guitare pour son portable. Qui pouvait ainsi l'appeler un matin de si bonne heure ? Seuls ses proches pouvaient vouloir la joindre aussi tôt. Elle se décida donc à prendre l'appareil sur sa table de chevet avant la 8ème sonnerie qui dirigerait l'appel vers la boîte vocale.

— Allô oui ?

— Je suis bien au secrétariat de Kelly Mundty ?

Secrétariat ? Quel secrétariat... Ah oui, c'est vrai. Elle et Mike avaient décidé de gérer eux-mêmes leurs carrières, et son numéro de téléphone à elle figurait sur tous leurs documents.

Elle toussota, espérant donner une tonalité éveillée à sa voix.

— Oui... Enfin, c'est moi...

— Vous êtes Madame Mundty, peut-être ?

La voix était masculine, sûre d'elle, presque arrogante.

— Oui, c'est moi. Je vous écoute.

— Et bien, je suis ravi de voir que les artistes se lèvent tôt eux aussi. Et vous avez bien raison, la fortune sourit aux audacieux qui savent se lever de bonne heure !

Formule condescendante, jugea-t-elle, tirée maintenant totalement du sommeil. Et avec de l'impolitesse malgré un vernis d'éducation.

— Que puis-je pour vous Monsieur ? Et qui êtes-vous ?

— Ah, c'est vrai, je ne me suis pas encore présenté. Je suis Lord Garrick, et je souhaite vous engager, vous et Mike Cesena, pour un gala de charité que je donne dans mon château de Colombey le 28 juin prochain. Est-ce que c'est possible ?

Le visage de Kelly se renfrogna dans une moue déplaisante. Elle n'avait pas envie de discuter un futur contrat après sa petite nuit.

— Écoutez, je ne sais pas... Il faut que je regarde... Donnez-moi votre numéro de téléphone, et je vous rappellerai dès que j'aurai vérifié nos agendas avec Mike.

— Je suis allé sur votre site internet, et il n'y a rien de noté pour ce jour-là. Par contre, j'ai vu que vous intervenez dans un stage de chant le 25 à Leistford, c'est à 15 miles de chez moi, puis le 3 juillet à Glasgow. Donc apparemment, vous êtes libre le 28 !

Kelly regrettait maintenant d'avoir pris son téléphone.

— Monsieur, je ne peux pas vous dire comme ça... Tout ce que nous faisons n'y est pas forcément... Et puisque vous parlez de notre site, le plus simple serait de nous envoyer un message.

— Mais je l'ai déjà fait ! A deux reprises même, ces dernières semaines ! Et sans jamais avoir reçu de réponse ! D'où mon appel ! Ça commence à devenir urgent, c'est dans un mois quand même ! Vous avez peut-être des soucis avec votre hébergeur ?

Aïe ! Non, le souci, c'était Mike. Ils s'étaient répartis le travail, à lui l'internet, à elle le téléphone, et les papiers entre eux deux. Mais Mike avait la fâcheuse manie de remettre au lendemain tout ce qui était administratif. Elle se promit, encore une fois, de lui en reparler dès qu'ils se reverraient.

— Bon, je règle ça et je vous tiens au courant. Votre numéro de téléphone est bien le...

Elle approcha le portable de ses yeux.

— Euh... le 07 30 81...

— Oui-oui, interrompit l'autre. Et inutile de me rappeler mon numéro, je le connais ! Ajouta-t-il avec un rire, semblant fier de sa plaisanterie éculée.

— En ce qui concerne votre cachet, reprit Lord Garrick, je suppose que les tarifs sur votre site sont toujours actuels? L'ordinateur indique qu'il n'y a pas eu de mise à jour depuis deux ans.

Sur ce point, Mike n'était pas en faute. Ils avaient en effet décidé ensemble de ne pas les faire évoluer.

— Ce sont nos prix, oui, acquiesça-t-elle en fronçant les sourcils.

— Très bien. J'attends votre confirmation ce soir 20 heures au plus tard dans ma boite mails. Sinon ce sera quelqu'un d'autre. Au revoir Madame.

Et il raccrocha sans lui laisser le temps de répondre. La montre du téléphone n'indiquait pas encore 8 heures et demie. Mike ne serait pas joignable avant 14 heures au moins. Elle se demanda si elle irait voir dès maintenant les messages expédiés par Lord Garrick, puis renonça en se rallongeant dans son lit et ramena la couette sur elle. Ils pouvaient bien encore attendre quelques heures.

***** *****
**** ****

Kelly avait pu se rendormir après le coup de téléphone de Lord Garrick. Elle buvait maintenant à petites gorgées un thé fort en regardant par la fenêtre. Le soleil printanier de cette fin du mois de mai égayait d'un regard souriant le paysage qui s'offrait à sa vue. Le secteur où elle habitait était essentiellement construit de maisons particulières, avec quelques immeubles peu hauts, entrecoupés de jardinets et de squares tranquilles. A côté de chez elle s'étendait un grand parc public accolé à un terrain de golf. Des feuillages d'arbres centenaires se découpaient dans le bleu azuré du ciel. La gigantesque métropole britannique semblait suspendre à cet endroit son incessante avidité d'espace.

Elle aimait ce quartier. Peu d'imagination suffisait pour s'y croire davantage dans une petite ville de province que proche du cœur trépidant de la City. Les gratte-ciel qu'on apercevait d'une autre fenêtre, tout au fond à l'arrière-plan, semblaient bien loin. Pourtant, ils n'étaient qu'à quelques stations de métro.

Son appartement, une grande pièce unique avec un ameublement sommaire et chaleureux, occupait l'étage d'un pavillon situé dans une petite rue calme qui s'appelait Nan Clark's Lane. La propriétaire continuait d'habiter le rez-de-chaussée. Ancienne choriste au Royal Albert Hall, elle acceptait avec bienveillance les vocalises quotidiennes de sa locataire, ainsi que ses séances de travail avec Mike. Très touchée par son état d'esprit et sa gentillesse, Kelly ne manquait jamais de s'arrêter pour lui dire quelques mots lorsqu'elle la croisait, et se proposait régulièrement pour l'aider quand elle en avait besoin.

Après avoir pris sa douche, Kelly décida enfin de lire les messages de son interlocuteur du matin. Le premier était daté du 15 mai.

« Bonjour, un de mes amis vous a vus en concert il y a trois mois à Heathrow, et m'a dit beaucoup de bien de vous. Des vidéos de vos spectacles trouvées sur internet m'ont confirmé son impression. Je souhaite vous engager pour un gala le 28 juin à Colombey. C'est à 85 miles au sud-est de Londres. Je vous remercie de m'indiquer si cela vous est possible. Lord Garrick. »

Le second, plus sec, avait été expédié le 23 mai.

« Bonjour, je vous rappelle mon message précédent du 15 mai, dans lequel je vous proposais de vous produire dans mon château de Colombey le 28 juin. Je vous remercie de me recontacter dans les meilleurs délais pour me donner votre réponse. Lord Garrick. »

Kelly ne put s'empêcher de faire une moue. Mike exagérait vraiment. Laisser des messages trois semaines sans réponse... Si Lord Garrick n'avait pas relancé encore une fois ce matin, c'était un cachet qui leur passait sous le nez. C'est à croire qu'il ne voulait qu'eux.

Kelly et Mike s'étaient rencontrés au prestigieux London Royal Conservatoire of Music and Dance. Étudiants, ils donnaient des récitals chacun de leur côté dans des pubs pour arrondir leurs fins de mois. Un soir, poussés par des amis, ils avaient improvisé un tour de chant ensemble. Les spectateurs avaient été ravis de leur prestation. Mais surtout, eux s'étaient aperçus qu'ils avaient la même vision de la musique, et que leurs qualités se complétaient admirablement sur scène sans nuire à l'autre partenaire. Une sympathie réciproque s'était ainsi créée. Cela les avait amenés à continuer, et le duo Mikelly était né.

Mike faisait partie de ces hommes qui ont besoin de séduire toutes les femmes qu'ils croisent. Avec son mètre quatre-vingts, son corps musclé, ses longs cheveux blonds et son talent de chanteur, il avait conscience de disposer d'atouts charmeurs. Il savait parfaitement les exploiter, et Kelly elle-même n'y avait pas été insensible. Elle pressentait toutefois qu'une petite amourette entre eux serait mauvaise pour la suite de leur duo. Aussi, un jour où il se montrait trop entreprenant, elle lui affirma qu'elle ne se donnerait à lui que s'il lui promettait le mariage ! Certains mots font reculer les Don Juan trop sûrs d'eux. Mike préféra se rabattre vers d'autres conquêtes moins farouches. Et leur carrière artistique commença à décoller.

D'un point de vue professionnel, il avait été convenu entre eux qu'ils ne prendraient aucun engagement sans en discuter ensemble. Bien que se doutant de l'accord de Mike, elle ne pouvait donc pas expédier la proposition de contrat à Lord Garrick sans lui en parler auparavant. Il était déjà presque midi un quart.

Elle savait que son partenaire aimait se promener l'après-midi dans des boutiques de disques et rencontrer des amis. Elle composa son numéro, espérant le joindre avant qu'il ne sorte. Elle tomba aussitôt sur la boîte vocale, et y déposa un message résumant l'appel du matin et en lui demandant de la recontacter avant 20 heures.

Elle tenta à nouveau de le contacter à plusieurs reprises au cours de l'après-midi, mais son téléphone restait éteint. N'ayant pas de nouvelles de son associé, et voyant l'heure limite indiquée par Lord Garrick se rapprocher, elle décida après un dernier essai qu'exceptionnellement elle déciderait seule pour eux deux. Ce serait sa manière à elle de rappeler à Mike sa mauvaise gestion de leur boîte mails.

Elle adressa à Lord Garrick par courrier électronique un contrat d'engagement. Celui-ci lui en renvoya un scan signé aussitôt. Comme s'il l'attendait avec impatience. Elle répondit par un message de remerciement pour en accuser réception, puis tenta une nouvelle fois de joindre Mike.

Le lendemain midi, toutefois, il ne l'avait toujours pas rappelée. Intriguée, et devant absolument le prévenir de ce futur concert, elle se rendit chez lui. Son appartement était situé dans un vieil immeuble de Soho à proximité de Picadilly Circus. Ce quartier animé, avec ses nombreux restaurants, bars, discothèques, sans compter les galeries d'art, convenait parfaitement à la personnalité du musicien.

Arrivée sur place, elle entreprit de monter l'escalier délabré et poussiéreux qui menait à son étage. Elle sonna à sa porte, puis n'obtenant pour toute réponse qu'un silence glaçant, frappa à plusieurs reprises. Kelly était maintenant inquiète pour son ami. S'était-il passé quelque chose ? Ou délaissait-il simplement son logement le temps d'un nouveau flirt ? Elle prit son téléphone et chercha dans son répertoire auprès de qui elle pourrait obtenir des nouvelles de Mike.

La porte de l'appartement voisin s'ouvrit à ce moment. La silhouette d'un petit homme au ventre proéminent, avec des cheveux blancs coupés courts et un visage mal rasé y apparut. Ses yeux étaient jaunes d'alcool. Il parlait avec un fort accent cockney.

— Et bien Madame, vous n'êtes pas prête de le voir. Il est rentré il y a deux nuits à pas d'heure. Il devait être complètement saoul, car il est tombé dans l'escalier. Ça a fait un tel raffut que ça m'a réveillé. J'ai appelé les flics pour qu'ils viennent le ramasser. Ce n'est pas l'Armée du Salut ici !

— Comment ça? Il est tombé? Vous savez si c'est grave ? Et où a-t-il été emmené?

— Oh, j'en sais rien ! Tout ce que je veux c'est ma tranquillité, et je trouve que je paye déjà trop cher pour ce logement. Alors tout ce que j'ai à vous dire, c'est que ce n'est pas la peine de faire du barouf à sonner ou à frapper, il n'y aura personne pour venir répondre !

Kelly était abasourdie. Mike avait donc eu un accident? Et il semblait grave puisqu'il n'était pas encore revenu chez lui. Il s'était produit le soir de leur dernier concert. Kelly ne put s'empêcher de culpabiliser. C'est elle qui avait proposé de rentrer sur Londres plutôt que de dormir sur place à l'hôtel.

***** *****
**** ****

Le commissariat le plus proche lui avait donné les indications qu'elle recherchait. Ils avaient effectivement été appelés très tôt par un voisin l'avant-veille. Mike avait été retrouvé inanimé, baignant dans son sang en bas de l'escalier de son immeuble. Une ambulance avait été prévenue, et il avait été envoyé aux urgences de l'hôpital de Westminster. Là, on lui avait diagnostiqué une fracture au coude, avec un gros traumatisme crânien. Il avait alors été admis dans une chambre du service dédié aux accidents locomoteurs. Elle décida de s'y rendre aussitôt.

La visite de Kelly à son camarade à l'hôpital avait commencé sous de bons auspices. Mike, un bras plâtré et la tête entourée d'un bandage épais, prenait avec philosophie son état de patient. Incorrigible, il guignait avec appétence les formes des infirmières sous leur blouse blanche.

— Tu es vraiment un obsédé sexuel, avait lâché Kelly.

La remarque l'avait fait sourire, et c'était comme un aveu.

Mais, dès qu'elle avait commencé à évoquer le nom de Lord Garrick, il avait explosé.

— Il n'est pas question que j'aille jouer pour ce type !

Kelly avait été interloquée par la violence de sa colère.

— On voit bien que tu ne sais pas qui c'est, avait-il repris. D'ailleurs, je pensais avoir effacé ses messages !

Comment ça ? Il supprimait des propositions de contrat sans lui en parler avant ? Voici un nouveau point dont elle devrait discuter avec lui. Mais bon, elle savait que ce n'était pas le moment. Il est inutile de vouloir raisonner quelqu'un en pleine rage.

— De toute façon, la question ne se pose plus, fit-il avec un accent de triomphe et en montrant son bras plâtré. Alors tu le rappelles, et tu lui dis que ce n'est pas possible !

— Mais on ne peut pas...

— Comment ça, on ne peut pas ! Oh la bonne blague que voilà ! Et comment je fais pour jouer de la guitare ? Avec les dents ? Je ne suis pas Jimmy Hendrix ! Et même lui, il ne réussissait pas à chanter en même temps !

— Mais Mike...

— Et le numéro de prestidigitation avec les cartes à jouer ? Je l'accomplis comment ? Avec une seule main, peut-être ? Ah non, j'ai compris ! Tu veux que j'utilise la potence à intraveineuse !

— Mike, arrête...

— Non, tu le rappelles. Je t'autorise même à t'excuser si tu veux et si ça peut t'aider. Tu vois, je suis bon prince ! Mais le chanteur il est tout cassé et il est à l'hôpital.

— Ecoute-moi à la fin ! Je lui ai déjà renvoyé le contrat, et il l'a signé. On ne peut plus l'annuler. La clause de dédit est trop restrictive, je te l'ai toujours dit ! Tu veux que je te rappelle la phrase ?

Elle ferma les yeux et récita :

« Le duo Mikelly s'engage à n'annuler une prestation qu'à titre exceptionnel et après avoir tout fait pour l'éviter » !

Même si tu recevais une bombe atomique sur la tête, je ne suis pas certaine qu'on pourrait annuler un concert sans avoir quoi que ce soit à payer !

— Hein? Tu as accepté un engagement sans me le dire ? Mais ce n'est pas du tout dans nos accords, ça !

— Je ne réussissais pas à te joindre ! Tu verras sur ton portable le nombre d'appels que je t'ai laissés et où je te demandais de me rappeler. Et à propos d'accords, le fait d'effacer des messages, ce n'est pas mal non plus !

La colère de Mike avait gagné Kelly. Ils se regardaient maintenant en chiens de faïence. C'était la première fois qu'ils avaient une dispute aussi forte. Un silence pesant s'était installé dans la chambre. Mike le rompit le premier. Sa voix s'était adoucie.

— Oui... Bon... D'accord... Je ne pouvais pas recevoir tes messages. J'ai l'impression que le réseau est supprimé dans les chambres. Je voulais t'appeler pour te prévenir de mon hospitalisation cet après-midi, mais pour ça il faut que je descende. Hier je n'étais pas suffisamment bien. Et aujourd'hui en plus, on doit me dire pour combien de temps j'en ai.

— Ne t'en fais pas pour ça, je te crois, fit-elle avec de l'indulgence dans la voix.

— De toute manière, même avec la meilleure volonté du monde, je ne pourrai jamais respecter ce contrat.

— Bien sûr. Ça, c'est évident.

Mike baissa la tête, perplexe, puis la releva, regardant à nouveau Kelly avec dureté.

— Mais au fait... D'accord, tu ne pouvais pas me joindre. Mais pourquoi est-ce que tu lui as quand même expédié le contrat ?

— Il voulait absolument l'avoir hier soir avant 20 heures. Sinon, il disait qu'il prendrait quelqu'un d'autre.

— Du chantage, maintenant. Et en plus avec un ultimatum. C'est vraiment un type méprisable.

— Explique-moi. Pourquoi tu dis ça ? Et puis je ne comprends pas pourquoi tu te mets en colère dès que je prononce son nom.

— Tu n'en as jamais entendu parler ? Je pense qu'il a touché à tout : pots-de-vin, corruption active, corruption passive, faillites frauduleuses, comptes bancaires offshore... C'est simple, chaque fois qu'il y a dans notre pays un scandale avec de l'argent, tu peux être certaine qu'il y est mouillé. Et si tu savais le nombre de personnes qu'il a mises au chômage pour arrondir sa fortune. Ah, il doit en avoir des suicides sur la conscience. Et peut-être même pire. Mais qu'est-ce que tu veux : pour lui, une livre est une livre.

— Tu es certain de tout ça, interrogea Kelly les sourcils froncés.

— Tu n'auras qu'à vérifier sur internet. Tu tapes simplement « le plus grand de tous les salauds est-il Lord Garrick? » On te répondra oui, et les preuves défileront sous tes yeux. Si l'esclavage et la traite des blanches existaient encore, il y prendrait une belle part de gâteau.

Il baissa la tête quelques secondes, et se tourna à nouveau vers son amie.

— Souhaites-tu maintenant que je te parle aussi de ses opinions politiques?

— Non-non-non, surtout pas, plaisanta Kelly. Je te connais trop : tu te remettrais en colère, les infirmières arriveraient en courant, et tu perdrais toutes tes chances auprès d'elles.

Ils se sourirent. Leur complicité amicale était revenue.

— Bon. Je vais voir ce que je peux faire, sourit Kelly. C'est vrai que tu ne sembles pas très en forme actuellement.

— Mets de l'eau bénite sur ton téléphone. Ça aidera.

— Je dois avoir dans ma cuisine un collier de gousses d'ail, ajouta Kelly en faisant mine de réfléchir. Je me le passerai autour du cou.

— Ça me semble indispensable, répondit sur le même ton Mike.

— Sur ce point au moins, on est tous les deux d'accord, acheva la musicienne.

L'entrée d'une infirmière mit fin à la visite de Kelly. Lorsqu'ils se dirent au revoir, Mike lui montra d'un clin d'œil appuyé la poitrine opulente de l'aide-soignante. Le bouton de la blouse qui maintenait ses seins semblait vouloir sauter sous leur pression. Notre héroïne fut très fière de retenir son rire jusqu'à l'ascenseur.

CHAPITRE 2

Rentrée chez elle, Kelly s'était empressée d'allumer son ordinateur. Il ne lui avait pas fallu beaucoup de temps pour être convaincue des affirmations de Mike. La toile était unanime pour salir la réputation de Lord Garrick. Personnage important du monde financier de la Cité, il avait siégé dans les Conseils d'Administration de banques importantes. Malheureusement, sa présence avait coïncidé avec des scandales ayant fait la une des journaux. L'importation des subprimes au Royaume-Uni, la manipulation des taux d'intérêts bancaires de référence par la Ces-Meal-Bank, l'important bug informatique ayant retardé des remboursements à la National QRM Bank, des transactions bancaires aux montants exorbitants avec des pays sous embargo... Partout son nom revenait.

Certains sites affirmaient aussi qu'il gérait des comptes off-shore pour des parrains de la mafia. D'autres évoquaient dans sa fortune une partie du trésor caché des nazis. Un cliché de 1997 le montrait d'ailleurs serrant la main de Klaus Hiltisch, le tortionnaire allemand réfugié en Amérique du Sud, quelques semaines avant son arrestation. Il y apparaissait comme un homme d'une soixantaine d'années, rondelet, chauve, le cigare à la main, et ouvrant un large sourire. Tout cela donnait la nausée.

— Et bien, tu parles d'un client, marmonna Kelly. Voyons comment faire maintenant. Ce qu'il me faut lui dire, c'est que le chanteur de notre duo est à l'hôpital après un accident. Il ne peut donc pas venir pour son engagement. Je l'ai appris après avoir envoyé notre contrat. Sinon je ne l'aurais pas expédié. Le plus embêtant bien sûr est la clause de dédit. D'après son parcours, il est quand même intelligent, même si sa moralité est élastique. Et maintenant, je téléphone ou j'envoie un mail ?

Après quelques instants de réflexion, elle opta pour la messagerie. Cela lui éviterait d'avoir à parler directement à Lord Garrick. Elle s'installa donc devant son clavier, et écrivit le texte suivant :

« Bonjour Lord Garrick,

Je suis absolument désolée, mais mon partenaire de scène a eu un accident grave le matin où vous m'avez contactée. Il est immobilisé et ne peut assurer aucune prestation avant quelques mois. Je ne l'ai appris que ce midi.

Jamais bien sûr je n'aurais accepté votre engagement si je l'avais su plus tôt. Face à ce cas de force majeure, je pense que le plus simple est que vous annuliez notre engagement pour le spectacle que vous nous avez proposé. Je suis convaincue que vous pourrez trouver d'autres artistes pour assurer votre gala de charité d'ici le 28 juin. Je pourrai d'ailleurs si vous le souhaitez vous conseiller des noms.

Soyez assurée que je regrette les circonstances qui m'amènent à vous faire parvenir ce message.

Très sincèrement,

Kelly Mundty »

Elle se relut plusieurs fois en se concentrant. Son mail lui plaisait bien. Elle était surtout heureuse d'avoir trouvé les mots pour que ce soit Lord Garrick qui annule leur contrat. N'importe qui de sensé, pensa-t-elle, répondrait en disant qu'il comprenait, et romprait leur engagement. Il lui faudrait simplement prévoir une liste d'amis musiciens à lui présenter. Elle cliqua sur la touche Envoi.

Il fallut attendre à peine quelques dizaines de secondes pour que le téléphone sonne. Elle n'avait pas besoin de vérifier le numéro. Elle savait que c'était Lord Garrick. Un mauvais pressentiment lui fit hésiter à répondre. Elle respira fort et prit cependant son portable : « Allez, autant monter au front dès maintenant. »

— Allô, ici Kelly Mundty

— Oui. Ici Lord Garrick.

— Oh... Vous avez reçu mon mail, questionna-t-elle avec une voix où se mêlaient la tristesse et une fausse ingénuité.

— C'est même pour ça que je vous appelle.

Son ton était dur, fermé à toute discussion.

— Oui, je vois... Écoutez, Lord Garrick, je peux vous affirmer que Mike Cesena est actuellement à l'hôpital de Westminster. Il a un bras plâtré suite à une mauvaise chute. Je peux si vous le voulez vous apporter des preuves de...

— Ça, ça ne m'intéresse absolument pas, coupa brutalement l'autre. Et je n'ai aucune envie d'en discuter au téléphone. Vous êtes à Londres ?

— Oui... Enfin, mais je…

Impressionnée malgré elle, Kelly avait abandonné toute sa superbe.

— Très bien Miss Mundty. Je vous attends dans mes bureaux. J'y serai jusque vers 23 heures. Mais venez-y le plus vite possible. L'adresse est 41 Threadneedle Street. Vous vous ferez connaître en bas en arrivant. Je donne des ordres pour qu'on vous amène à moi dès votre arrivée.

— Mais Lord Garrick, enfin que...

— Croyez-moi, c'est le plus simple. Et ne me dites pas le contraire.

Kelly avait du mal à respirer.

— Miss Mundty?

— Oui... articula-t-elle difficilement.

— Vous venez, on est bien d'accord?

Elle avala avec effort sa salive et répondit enfin

— Oui...

Elle avait conscience de parler avec une voix de petite fille.

— Maintenant?

— Oui...

— Je vous remercie.

Et il raccrocha.

Cette conversation avait été très éprouvante pour Kelly. Beaucoup plus qu'elle n'aurait pu l'imaginer. Elle eut besoin de quelques minutes pour s'en remettre. Les souvenirs de ce que lui avait dit Mike et de ce qu'elle avait lu sur internet tournaient dans sa tête. Le téléphone re-sonna. C'était à nouveau Lord Garrick.

— Miss Mundty?

— Oui...

Le ton de la voix de Kelly avait perdu la vigueur de son assurance habituelle. Il ressemblait à celui d'une fillette apeurée. Elle savait qu'il s'en rendait certainement compte, mais cela lui était égal.

— J'ai réfléchi. Peut-être préférez-vous que ce soit moi qui vienne chez vous?

— Non-non.

Elle avait répondu sans réfléchir. Elle n'en était d'ailleurs plus capable, comme si sa volonté était sous l'emprise de cet homme.

— Très bien. Dans ce cas je vous attends.

— Oui-oui. J'arrive.

— Je vous remercie.

Et il raccrocha pendant qu'elle enfilait son manteau et prenait son sac.

***** *****
**** ****

Il y a des moments dans la vie où, sans qu'on sache pourquoi, un sentiment d'extrême faiblesse nous envahit. L'esprit, inerte et sans force, se laisse alors ballotter au gré des événements. Un rien, comme un mot inapproprié, une mauvaise nuit, une situation stressante, un de ces détails de l'existence qu'habituellement on aurait balayé sans y accorder d'importance, mine et abat les dernières défenses de notre volonté.

C'est malheureusement dans cet état d'esprit que Kelly arriva à l'adresse des bureaux de Lord Garrick. Ils étaient situés dans le bouillant quartier d'affaires de la City, et Kelly avait eu besoin d'une heure par le métro pour y parvenir. Durant le temps que le trajet avait nécessité, des interrogations sans fin n'avaient cessé de torturer son esprit. Pourquoi voulait-il absolument la rencontrer ? Pourquoi le jour même ?

Il était évident que Mike ne pouvait pas monter sur scène. Même bourré d'antalgiques pour supprimer ses douleurs, même drogué d'euphorisants, jamais il ne pourrait donner l'illusion du plaisir qu'un artiste doit offrir à ses spectateurs. Un de leurs professeurs du conservatoire avait coutume de répéter qu'un spectacle n'est réussi que lorsque le musicien peut entraîner son auditoire dans l'univers que les artistes lui proposent. Lorsque le lien ne se fait pas suffisamment entre la scène et le public, la représentation est ratée.

De toute façon, ici, la question ne se posait pas : il était évident que jamais Mike n'accepterait de jouer pour Lord Garrick. Il l'avait bien fait comprendre à Kelly lorsqu'ils s'étaient vus à l'hôpital. Cet entretien entre elle et Lord Garrick, exigé par ce dernier, ne pouvait rien donner de positif, et elle s'efforçait à en chercher les vraies raisons. Voulait-il profiter de l'immobilisation forcée de Mike pour leur extorquer de l'argent, en invoquant les conditions trop restrictives de la clause d'annulation précisées dans le contrat? Comme tout homme d'affaires, il aimait certainement l'argent facile. Ses recherches sur internet avait d'ailleurs prouvé son absence de scrupules.

Le caractère volontaire et l'orgueil de la jeune femme reprenaient parfois le dessus. Et elle s'imaginait quittant Lord Garrick en claquant fièrement la porte, après une discussion violente dont elle serait ressortie vainqueur. Car non, cela ne se passerait pas comme ça ! Elle était prête à en parler à la presse ! Et cela lui ferait un scandale de plus, à cet affairiste, cet escroc, ce malandrin de la bourse ! Car elle expliquerait aux journalistes comment un richissime spéculateur, affamé d'argent, a voulu s'offrir plusieurs centaines d'euros en deux coups de fil et un mail auprès de jeunes artistes sans argent ! Des mois de travail et de répétitions pour eux, annihilés en quelques instants pour engraisser ce gros porc !

Puis ses réflexions suivaient des raisonnements contraires. Elle se demandait ce qu'un duo méconnu d'artistes pouvait faire contre un homme à la richesse immense et disposant d'un réseau d'amis puissants. Elle regrettait alors amèrement d'avoir dit oui, d'avoir obéi à l'ordre formulé dans le ton de la voix de l'homme.

La marche depuis la bouche de métro n'avait pas suffi à diminuer son stress. Elle s'arrêta en face de l'immeuble, sur le trottoir de l'autre côté, et le regarda. En pierres blanchies et de style classique, il datait de l'époque victorienne. La porte d'entrée en était vitrée mais sombre. Des plaques de cuivre apposées de chaque côté citaient les entreprises qui y siégeaient.

Elle en discerna les noms, mais aucune ne portait le nom de Garrick.

« Trop lâche pour se désigner sous sa propre identité », ne put-elle s'empêcher de penser.

Elle se demanda derrière quelle fenêtre se cachait Lord Garrick. Dans quelle pièce était son bureau ? De laquelle envoyait-il ses ordres pour accroître sa fortune, sans se soucier des conséquences pour les autres ?

Face à l'immeuble, symbole de la puissance de Lord Garrick, son anxiété s'accroissait pour ainsi dire à chaque seconde. Elle résolut de se calmer. Reprenant des exercices appris lorsqu'elle était étudiante, elle joignit les mains devant son visage, comme dans un geste de prière, inclina la tête et respira fort en fermant les yeux. Le bruit des battements de son cœur résonnaient à ses oreilles davantage que celui de son souffle. Elle continua jusqu'à la fin de cette sensation.

Elle rouvrit enfin les yeux, baissant le regard pour ne pas voir l'immeuble, et marcha jusqu'à un coin de la rue. Là, comme à l'abri d'un maléfice qu'aurait pu envoyer le vieux bâtiment, elle ferma à nouveau les yeux. Puis, pour se détendre et tenter de reprendre ses esprits, elle s'obligea à de longues inspirations en basculant légèrement le bassin pour bien ouvrir le diaphragme. Elle avait appris ces techniques pendant ses études lors de stages de pratiques pré-spectacles.

Sa tension nerveuse lui semblait maintenant avoir diminué. Elle regarda autour d'elle, lentement, afin de s'imprégner de la réalité qui l'environnait. Bien que cela ne fut pas encore une heure de pointe, les trottoirs étaient déjà remplis de passants qui marchaient rapidement. Les femmes portaient des tailleurs stricts et bien coupés, avec peu de couleurs vives. Les hommes étaient aussi habillés de costumes sombres. Des voitures de luxe et des taxis noirs empêtrés dans la circulation attendaient qu'un bus à impériale rouge quitte sa station et s'engage dans le trafic. Des coursiers à vélo slalomaient au milieu des véhicules au ralenti. Personne ne semblait avoir remarqué l'attitude particulière de Kelly.

S'efforçant de continuer à respirer lentement, elle revint sur ses pas et traversa la rue. Il fallait en finir au plus vite. Malgré les pulsations de son cœur qu'elle sentait battre de plus en plus vite à mesure qu'elle approchait du 41 Threadneedle Street, elle tentait de se fermer psychologiquement aux émotions. La discussion qui s'annonçait, elle le pressentait, lui serait difficile et très éprouvante. Elle poussa enfin la porte et entra.

***** *****
**** ****

Il s'agissait d'un immense vestibule, avec un escalier monumental sur le côté gauche. Le sol était pavé d'un carrelage noir et blanc, avec, à intervalles réguliers, les lettres R et V entrelacées, initiales de Reine Victoria en latin, et qui était le monogramme de celle qu'on appela respectueusement la Grand-Mère de l'Europe.

Au milieu de la pièce était installé une sorte de comptoir servant de bureau d'accueil. Une femme d'une trentaine d'années y travaillait. Elle portait un chemisier blanc boutonné jusqu'au cou, fermé par un lacet noir noué en forme de cravate texane et aux deux boucles parfaitement équilibrées. Elle était occupée à répondre à plusieurs appels téléphoniques, allant d'une ligne à l'autre, en tapant sur un clavier d'ordinateur. Trois écrans étaient dressés devant elle, et ses regards couraient de l'un à l'autre. Elle parlait d'une façon rapide, sûre d'elle et affirmative.

La femme avait jeté un coup d'œil à Kelly lorsque celle-ci était entrée, l'avait saluée d'un hochement de tête ample et d'un large sourire, et lui avait montré un coin salon sur la droite. Sur un grand tapis moelleux, des fauteuils noirs de style ancien et au cuir rembourré entouraient une table basse jonchée de magazines économiques et de revues luxueuses.

Kelly s'était assise sur le rebord du fauteuil le plus proche de la porte, jambes serrées et corps contracté. Perdue dans cet univers qui n'était pas le sien, elle commençait à nouveau à se sentir mal à l'aise. Elle tenta de se changer les idées en regardant le décor qui l'environnait. Les murs de la pièce étaient d'un blanc immaculé. Un tableau de la Reine Élisabeth II posant à cheval et sanglée dans un uniforme rouge et noir, était accroché face à elle. Elle se demanda s'il s'agissait d'une copie ou d'un vrai. Les deux lui semblaient plausibles.

Très préoccupée par son futur entretien, elle jeta à peine un coup d'œil sur les journaux qui lui étaient proposés. Des palpitations la reprenaient.

Elles s'accompagnaient d'un début de migraine. Elle ferma à nouveau les yeux, tentant discrètement de se détendre avec des respirations amples et silencieuses. Elle entendait toujours la voix de la femme au téléphone avec ses différents interlocuteurs. Au bout de quelques dizaines de secondes, elle ouvrit les yeux. Elle avait l'impression que cette micro-séance de relaxation lui avait fait du bien.

Désireuse toutefois d'échapper à la migraine, elle ouvrit son sac, à la recherche de cachets. Malheureusement, elle n'en avait pas. Par acquis de conscience, elle vérifia dans les poches de son manteau, bien qu'en connaissant d'avance la réponse. Elle regretta vivement d'être partie de chez elle de façon aussi précipitée. Mais c'était ce Lord Garrick, ce gros plein de soupe quand on repensait à son apparence sur les photos ! Il n'avait pas utilisé des mots de commandement, évidemment, mais son ton avait été tel qu'elle n'avait pu qu'obéir à son injonction de venir immédiatement dans ses bureaux.

Kelly regarda la femme. Elle hésitait. Oserait-elle se lever, lui demander ce service? Elle sentait tellement de différence entre elles deux. Pour se rassurer, elle s'imagina inversant les rôles, elle sur scène donnant un concert, épanouie dans son univers musical, et cette femme dans le public. Comment vivraient-elles ce moment ? La femme ne la reconnaîtrait peut-être pas. Ou cela n'aurait pas d'importance. Si la prestation lui plaisait, elle entrerait en communion avec l'artiste et le reste du public. Elle rirait aux plaisanteries de Kelly, sourirait avec douceur aux chansons d'amour, taperait des pieds et battrait des mains aux airs à danser. Et si elle s'y ennuyait, elle jugerait sans doute avec dédain la chanteuse et le public qui l'applaudirait. Oui, c'est cela qui ressortait de l'attitude de la femme : le mépris facile pour autrui.

Une scène de son enfance lui revint en mémoire. Elle était revenue de l'école un soir en pleurant. Elle ne se souvenait pas de la cause, et d'ailleurs cela n'avait pas vraiment d'importance. Sitôt la porte d'entrée ouverte, elle s'était précipitée dans les bras de sa mère. Celle-ci l'avait consolée, dorlotée, jusqu'à ce que la tristesse et le chagrin s'éloignent peu à peu. Et lorsque les larmes furent séchées, et qu'un sourire timide recommençait à se dessiner sur le visage de Kelly, sa mère lui avait pris la main pour l'amener devant la porte d'entrée. Elle lui avait montré le papier sous la sonnette où figuraient leurs deux noms.

— Tu vois, avait alors dit sa maman, il y a d'écrit ici Kelly Mundty. Cela signifie que tu es quelqu'un de très important. Alors, personne n'a le droit de te faire du mal. Si quelqu'un t'en fait, c'est qu'elle n'est ni intelligente ni intéressante. Et là, tu as simplement à t'éloigner d'elle ou à l'ignorer. Mais si elle recommence, ne t'en fais pas, je t'apprendrai à te défendre.

La femme raccrocha alors et regarda Kelly avec un sourire interrogateur. Celle-ci se leva et alla vers elle, un sourire crispé sur le visage.

— Excusez-moi, j'ai la tête qui tourne, je ne me sens pas très bien. Est-ce que vous auriez quelque chose que vous pourriez me donner ?

— Oui, bien sûr, fit l'autre en ouvrant un tiroir de son bureau d'où elle tira une boite d'Ibuprofène. Est-ce que ça vous convient ?

— Oh, avec plaisir, répondit Kelly en tendant la main.

La femme lui donna un cachet et l'invita à prendre un peu d'eau dans une fontaine à la disposition de chacun. Puis, toujours avec le même sourire, elle ajouta :

— Vous avez rendez-vous avec quelqu'un ?

— Oui, répondit-elle. Avec Lord Garrick. Je suis Kelly Mundty.

— Ah, c'est vous. Effectivement il m'a prévenue. Je l'appelle immédiatement.

Puis, alors que Kelly venait de jeter le gobelet grâce auquel elle avait avalé son cachet :

— C'est bon, il vous attend, vous pouvez y aller dès maintenant. C'est au 6ème étage. L'ascenseur est à côté de l'escalier.

Des mouches voletaient devant les yeux de Kelly. Elle parvint toutefois à marcher d'un pas presque normal, à peine saccadé, jusqu'à l'ascenseur et appuya sur le bouton d'appel. Elle se fit la remarque que c'était la première fois qu'elle allait rencontrer un homme avec autant de pouvoir. C'était dommage qu'il ait aussi peu de morale. S'il en avait le désir, peut-être même qu'il pourrait balayer son début de carrière et tous ses espoirs musicaux. Cette pensée la fit chanceler, et elle se rattrapa à la poignée de la porte. L'ascenseur arriva enfin. Une sonnerie mécanique retentit lorsque la porte s'ouvrit. Elle s'y engouffra.

***** *****
**** ****

Un strapontin était replié le long d'un côté. Kelly avait déjà vu ce type d'équipement dans certains ascenseurs privés. Elle l'ouvrit et s'y assit, pendant que la porte se refermait. La sécurité verrouillant l'accès se fit entendre, et l'ascension commença. L'oreille de Kelly était aux aguets, scrutant tous les bruits. Elle, qui pourtant n'avait jamais été claustrophobe, se sentait inquiète dans cet espace clos et confiné.

Des pensées, qu'elle savait stupides, la traversaient. Et si l'ascenseur s'arrêtait ou se bloquait ? Et si la cabine se décrochait ? A nouveau, elle tenta de se relaxer en fixant son attention sur sa respiration. Puis elle voulut penser à l'homme qui la recevrait. Elle le revoyait sur les photos, petit, bedonnant, chauve, sans doute condescendant pour tout ce qui lui était inférieur.

Au bout de quelques dizaines de secondes, qui lui parurent de longues minutes, l'ascenseur stoppa. Et, après le déclic de déverrouillage et une nouvelle sonnerie, la porte s'ouvrit automatiquement. Elle se leva prestement, car il n'était pas question que son futur interlocuteur la perçoive dans ce moment de faiblesse. Puis elle tenta d'afficher sur son visage un sourire dur, et sortit en regardant le décor qui l'attendait.

Elle n'était pas arrivée sur un palier, mais directement dans un bureau. Celui-ci était vaste, peut-être de 65 pieds sur la moitié, soit 20 mètres sur 10, et aurait pu accueillir plusieurs fois le logement modeste de Kelly. Il était très éclairé, par 3 grandes fenêtres de chaque côté, avec de nombreux spots et néons encastrés dans le plafond. Deux immenses lustres de cristal semblaient régner sur ce monde de lumière aérien. Des tableaux et des sculptures étaient disposés contre les murs entre chaque fenêtre. Il s'agissait d'œuvres modernes et abstraites, très éloignées de la représentation patriotique de la reine Élisabeth au rez-de chaussée. La surface de la pièce avait été divisée en plusieurs espaces avec des destinations différentes.

A droite avait été aménagé un coin détente. Autour d'une table de salon faussement vintage, à l'apparence modeste ici mais qui aurait extasié n'importe quel antiquaire de Golbon Road, étaient installés plusieurs fauteuils. Un coin du mur était recouvert de livres, et l'autre était meublé avec ce type de porte-manteau mural comportant un miroir et un banc, sans compter l'indispensable porte-parapluie londonien, et qu'on appelle un serviteur. Un bar agencé à partir d'un globe terrestre, comme c'était la mode dans les années 60, en montrait clairement le but convivial.

En face était une longue table de verre fumé. Une trentaine de chaises l'entourait. Devant chaque place était implanté un micro. Ils étaient branchés à un boitier qu'on pouvait distinguer sous le tablier. Un esprit curieux et attentionné aurait pu également constater au plafond un vidéoprojecteur ainsi que, au-dessus d'un des bouts de la table, un long étui rectangulaire d'où dépassait un crochet en forme de boucle et qui certainement renfermait un écran.

Enfin, à l'extrémité de la pièce, tout au bout, devant deux armoires en bois fermées, trônait le bureau du maître des lieux. Un ordinateur portable ouvert, quelques papiers de chaque côté, une lampe encore allumée montraient qu'on y avait été interrompu à l'instant. Un homme s'était en effet levé et avait quitté cet espace de travail après l'appel de sa secrétaire à l'accueil. Il s'était dirigé vers la porte de l'ascenseur en entendant le ronflement de sa machinerie s'actionner, mais s'était arrêté au milieu de la pièce. Il ne voulait pas donner à Kelly l'apparence de l'alpaguer dès qu'elle sortirait de l'ascenseur. Il n'utilisait cette démarche volontaire que lors de certaines discussions d'affaires ardues, lorsqu'il devait prendre à la gorge ses interlocuteurs. Parfois aussi, dans ce type de cas, il restait à son bureau, les regardant fixement, et ne se levant pour les accueillir que lorsqu'ils avaient avancé de quelques mètres dans l'immense pièce.

Mais pour l'heure, Lord Garrick était loin de tout cela. Il craignait d'avoir trop impressionné la chanteuse par ses appels téléphoniques du matin. Il le regrettait, mais voulait absolument la rencontrer. Et il préférait que ce soit chez lui plutôt que chez elle. Il espérait que ce léger avantage psychologique suffirait pour qu'elle accepte de se produire à Colombey. Et puis surtout, il désirait la voir, parler avec elle, se montrer agréable. Il avait été tant bouleversé par sa prestation il y a trois mois à Heathrow. Car il avait menti. Ce n'était pas un de ses amis mais bien lui qui était dans la salle. Il ne savait pas pourquoi il s'était caché ainsi derrière ce faux compagnon. Peut-être pour échapper à ses propres yeux à la dureté égoïste de l'homme d'affaires. L'esprit de possession et de domination sont obligatoires dans son monde. Et il ne souhaitait pas que Kelly le perçoive ainsi.

Kelly vit l'homme qui l'attendait au milieu de la pièce. Il souriait, l'air avenant. Son visage, qui avait la maturité des trentenaires, était bordé d'une courte barbe qu'on devinait soyeuse et par de longs cheveux blonds dans lesquels se nimbait la lumière de spots comme une aura. Il était vêtu du costume trois-pièces traditionnel noir des hommes de sa caste, mais on décelait aux traits de son visage et à la sveltesse de sa stature puissante et musclée un homme très sportif.

— Bonjour, je suis Lord Garrick.

Surprise, Kelly fit le tour de la pièce des yeux pour chercher un autre interlocuteur. L'homme, en effet, n'avait rien à voir avec celui dont elle avait vu des photographies sur internet.

— Non... Ce n'est pas vrai...

— Ah si, et je peux vous l'affirmer, répondit l'homme avec une voix pleine de bonté. Je suis Lord Garrick, et c'est moi qui vous ai appelée.

Kelly se sentit perdre l'équilibre. C'en était trop de ses émotions de la journée.

— Non, vous n'êtes pas Lord Garrick...

Elle tenta de s'accrocher à un objet, n'en trouva pas et s'écroula, perdant connaissance tout en murmurant :

« L'autre est plus vieux... »

CHAPITRE 3

Lorsque Kelly reprit ses esprits, elle vit d'abord un visage charnu et féminin penché sur le sien. Il était si proche qu'elle sentait sa respiration contre sa joue. Ses yeux, d'un bleu limpide, semblaient anxieux et concentrés. Elle sentait que quelqu'un tapotait ses mains, afin de l'aider à reprendre conscience, et elle ne doutait pas que cette femme en était à l'origine.

— Vous n'êtes pas Lord Garrick... murmura-t-elle à nouveau en fermant les yeux.

— Ah non, cela ne va pas recommencer, entendit-elle alors.

Surprise, elle rouvrit les yeux, et découvrit que deux personnes la regardaient. Celui qui se faisait appeler Lord Garrick, et, agenouillée tout contre elle, une femme. Elle était très forte d'apparence, presque obèse, et c'était sans doute elle qui avait parlé. Un stéthoscope et un tensiomètre dans ses mains montraient qu'elle était médecin.

— Tu vois, elle revient à elle, confirma la femme.

Madame Mundty, reprit-elle, je suis la docteure Surrey. Comment vous sentez-vous ?

— Merci, mais je... je... je dois partir..., fit Kelly en prenant appui sur ses mains pour se lever.

— Ça, c'est à moi d'en décider. Et où voulez-vous aller ?

— Mais, je... je...

— Madame, vous avez perdu connaissance en voyant mon ami et en tenant des propos incohérents. Le médecin que je suis, vous le comprendrez, a des raisons d'être inquiète pour vous. Si nous vous laissons partir, où voulez-vous aller ?

— Chez moi, tout simplement, ou peut-être chez des amis...

— Vous vivez seule?

Kelly ouvrit de grands yeux perplexes devant le caractère indiscret de la question.

— J'ai besoin de savoir avant de vous laisser repartir. Vivez-vous seule ?

— Oui... Enfin, non...

Ce fut le médecin cette fois qui haussa les sourcils devant cette réponse inattendue. Avant que le docteur Surrey n'ouvre la bouche pour demander des précisions, Kelly reprit.

— Je vis seule dans un logement loué à une dame dans sa maison. Je suis à l'étage, et elle au rez-de-chaussée. Si besoin, elle pourra être présente. Elle a un double des clés et reste toujours chez elle.

Sa réponse lui avait semblé si longue que Kelly se sentit le besoin de reprendre sa respiration. La docteure attendit quelques instants avant de continuer.

— Et où est-ce ?

— Vers Hendon Park, Nan Clark's Lane.

— Tu vois où c'est, demanda le médecin à celui qui s'était présenté sous le nom de Lord Garrick.

— Dans le secteur de Mill Hill, je crois, répondit- il.

— Oh my God ! Ce n'est pas à côté ! Et comment êtes-vous venue ? En voiture ?

— Non, par le métro.

— Mais il doit y en avoir pour une ou deux heures de trajet ! Il n'est pas question que vous y retourniez seule. Quelqu'un peut-il venir vous chercher ?

— Cesse d'embêter Madame Mundty avec tes questions, interrompit l'homme. Ma voiture est à 300 yards. Je vais la ramener moi-même.

Si elle le veut bien, évidemment, reprit-il après un silence, et si elle accepte de ne pas s'évanouir à nouveau en me regardant

— Mais qui êtes-vous ?

— Encore une fois, je peux vous garantir que je suis Lord Garrick. Le docteur Surrey que vous voyez ici, qui est une grande amie et qui a son cabinet dans cet immeuble, pourra vous le confirmer, ainsi que la plupart des autres personnes travaillant ici, et vraisemblablement de nombreuses autres dans les restaurants aux alentours. Pourquoi ne voulez-vous pas que je sois qui je suis ?

Kelly tenta de le regarder fixement et durement.

— J'ai cherché des photos de Lord Garrick sur internet. Vous ne lui ressemblez pas.

— Comment était cet homme que vous avez vu, demanda doucement la docteure. Plus petit, plus âgé, presque chauve ?

— Oui, et... Kelly mima d'une main un ventre bedonnant.

— Pas aussi gros que moi, mais pas très éloigné, n'est-ce pas, fit en souriant le médecin.

— Cet homme que vous avez trouvé sur différents sites était mon oncle, expliqua l'intéressé. Il est décédé il y a trois ans, et j'ai hérité de son titre, de ses privilèges à la Chambre des Lords, et malheureusement de sa réputation. Je tiens à vous certifier qu'elle était cependant fausse et totalement erronée. J'ai lu des articles à son sujet le roulant dans la boue et le calomniant. Il en a beaucoup souffert. Je pense même parfois qu'ils ont accéléré l'issue de sa maladie.

Quels que soient les soi-disant « scandales » (Lord Garrick avait donné une intonation particulière à ce mot pour montrer à quel point il les dédaignait), je me fais fort de vous prouver que soit il n'y était pour rien, soit il y était intervenu très tardivement et donc la plupart du temps juste avant leur divulgation. Il ne me l'a jamais dit, mais je pense même que c'était lui qui faisait en sorte que les informations nécessaires pour que le scandale éclate arrivent à la presse ou à la justice.

Très surprise, Kelly ouvrit de grands yeux en entendant ce panégyrique d'un homme pour qui elle n'avait aucune considération.

— Il faudrait vraiment que tu fasses quelque chose pour changer l'image de ton oncle. Tu vois où déjà ça a mené Madame, fit le Docteur Surrey à Lord Garrick en désignant Kelly du menton.

— Vous savez, reprit ce dernier à l'intention de Kelly, lorsqu'il est décédé, Sa Majesté Élisabeth II régnait encore ; et elle avait daigné être présente lors de ses obsèques. Jamais elle ne l'aurait fait si le moindre soupçon d'ignominie n'avait eu une part de vérité, ou s'il n'avait pas été un de ses plus fidèles serviteurs.

***** *****
**** ****

Kelly était redescendue par l'ascenseur jusqu'au rez-de-chaussée accompagnée par la docteure Surrey, puis elle avait été installée dans le salon d'accueil qu'elle connaissait déjà. Lord Garrick avait ensuite quitté son étage et s'était empressé d'aller chercher sa voiture afin de ramener lui-même Kelly.

Déjà désorientée et sonnée par tout ce qui venait de lui arriver, notre héroïne fut à peine surprise de découvrir que la voiture de Lord Garrick était une Rolls Royce. Il s'en excusa pourtant presque en l'aidant à y monter.

— Il ne faut pas être impressionnée par cette voiture. Elle appartient à une des sociétés que m'a léguées mon oncle. Je l'ai faite expertiser, elle ne vaut pas grand-chose. Elle n'est pas assez ancienne pour être recherchée par les collectionneurs, et pas assez récente pour avoir le confort moderne.

Au début, Lord Garrick tenta de parler et d'alimenter la conversation en interrogeant Kelly sur ses expériences musicales, tout en s'efforçant de ne jamais aller au-delà des limites de la discrétion. Les réponses laconiques et presque monosyllabiques de sa passagère eurent raison de ses tentatives. Il ignorait si ces réserves étaient dues à son état de fatigue, sa méfiance envers lui, ou autre chose. Il mit alors la radio, et choisit une station qui diffusait de la musique douce.

Kelly était si fatiguée qu'elle ne parvenait plus à penser. Elle se laissait conduire, passive, bercée par la conduite sans à-coup de Lord Garrick et la quasi absence de bruit du véhicule. Au bout d'une dizaine de minutes, ce temps de repos lui fit du bien, et elle sentait de l'énergie revenir en elle. Elle tourna alors la tête vers le conducteur :

— Vous savez, je tiens à vous remercier de ce que vous faites pour moi, et à vous présenter mes excuses pour ce qu'il vient de m'arriver. Et pour les tracas, les problèmes, et la perte de temps que je vous crée. Maintenant, je me sens beaucoup mieux. Vous n'avez qu'à me laisser dès que vous pourrez stationner. Je me sens capable de rentrer chez moi par mes propres moyens.

Après un léger silence, pendant lequel on aurait pu voir furtivement se dessiner un sourire sur le visage de Lord Garrick, celui-ci répondit :

— Il n'en est pas question malheureusement. Mon amie la docteure Surrey a été très claire pendant que vous étiez encore sans connaissance. Les évanouissements comme celui que vous avez eu peuvent être purement accidentels et n'avoir aucune conséquence sur l'organisme. Ils peuvent également être le symptôme d'autre chose. Et je peux vous dire que si je ne vous raccompagnais pas, ou si vous n'aviez pas parlé de votre logeuse, elle vous envoyait à l'hôpital le plus proche pour une série d'examens.

— Mais... tenta d'objecter Kelly.

— Je ne serais d'ailleurs pas surpris que vous la voyiez chez vous demain matin, juste pour s'assurer que vous allez bien, et bien que vous soyez à plus d'une heure de son cabinet

— Vraiment, cela me semble inutile. Je vais d'ailleurs l'appeler immédiatement, fit Kelly en sortant son téléphone. Comment dites-vous qu'elle s'appelle ?

— La docteure Surrey, et vous ne pourrez pas la joindre ce soir. Je sais qu'elle est prise, et elle éteint alors toujours son portable. Même sa boite vocale est désactivée. Et c'est une très bonne chose : vous devrez ainsi attendre demain pour l'appeler et lui confirmer que vous allez bien.

Kelly avait cependant composé le numéro trouvé sur le web, et attendit le message d'attente du téléphone. Il confirma ce qu'on venait de lui dire, que le docteur Surrey ne pouvait pas répondre actuellement, et qu'exceptionnellement il n'était pas possible de lui laisser de message. S'ensuivait un rappel du numéro des urgences à composer pour les cas graves.

Lord Garrick sourit devant cette scène.

— En tout cas, vous semblez effectivement aller mieux : depuis que nous sommes partis, soit une demi-heure environ, vous ne vous êtes pas encore évanouie à nouveau bien que vous soyez à mes côtés et que nous parlons ensemble. Il est vrai que nous ne sommes pas arrivés, termina-t-il en soupirant avec exagération...

Malgré elle, Kelly ne put s'empêcher de sourire.

— Je vais essayer de me retenir. On doit être à mi-chemin. Je vous ai déjà fait perdre assez de temps comme ça, et votre amie n'est plus disponible.

— D'accord, je ne dis plus rien, conclut Lord Garrick avec un grand sourire franc et heureux.

La voiture continuait de rouler dans le flot de circulation. Cependant le silence de Kelly n'était qu'apparent. Car elle ne comprenait pas de nombreux points. En particulier, pourquoi, en considérant que ce qu'on lui avait raconté était vrai, l'oncle du Lord actuel avait-il déclenché autant de haine sur sa propre personne? Et pourquoi n'avait-elle pas trouvé d'informations sur internet concernant la personne qui la raccompagnait chez elle ?

***** *****
**** ****

L'arrivée du véhicule de luxe devant le pavillon dont Kelly habitait l'étage n'était pas passée inaperçue. D'ailleurs sa propriétaire, Mrs Brown, était sortie et attendait devant la porte d'entrée. Kelly ouvrit la portière pour quitter la voiture. Ainsi qu'elle l'avait dit à Lord Garrick pendant le trajet, elle se sentait de mieux en mieux. Une sensation de confort et de sécurité s'était emparée d'elle, lui rappelant certaines impressions de son enfance lorsque, triste et angoissée, elle pouvait se réfugier dans les bras de sa mère. Un nid empli de douceur et d'amour l'y accueillait, et elle s'y sentait invulnérable.

Malheureusement, cette rémission était trompeuse. Un léger étourdissement en se levant du siège de la voiture lui rappela qu'elle venait de connaître un malaise vagal. Elle sentit sa tête tourner, ses jambes fléchir... Dans un réflexe, son bras prit appui sur le véhicule et elle ferma les yeux. Comprenant qu'elle avait sans doute besoin d'aide, Lord Garrick se précipita vers elle. Mrs Brown accourut également. Les voyant tous les deux à ses côtés lorsqu'elle rouvrit ses paupières, elle s'efforça de leur sourire. Puis, prenant sur elle, elle les rassura brièvement :

— Ca va aller, je vous remercie.

Elle marcha ensuite avec précaution jusqu'à la maison et y entra. Elle commença l'ascension de l'escalier menant à son studio, se tenant à la rampe. Mrs Brown, tout en se désolant à voix haute de la « triste et faible mine » de sa locataire, passa devant elle, un trousseau de clés à la main. Elle ouvrit la porte de l'appartement, et tendit ses bras afin que Kelly puisse s'y accrocher le cas échéant. Lord Garrick montait également l'escalier, mais restait à quelques marches derrière elle, prêt à la recueillir si elle tombait. Enfin, Kelly put entrer chez elle :

— Je vous remercie de tout ce que vous avez fait. Je vais me reposer maintenant. Une bonne nuit de sommeil, et ça ira beaucoup mieux, j'en suis certaine.

— Mais il n'est pas question de vous laisser ainsi, répondit Mrs Brown. Et j'ai besoin de savoir. Je vous rappelle que vous êtes sous mon toit. Comment je peux faire pour vous aider, si je ne sais rien de ce qu'il s'est passé ? Et vous, Monsieur, qu'est-ce que...

Lord Garrick prit alors la parole et relata succinctement ce qu'il s'était passé :

— Miss Mundty a eu un malaise, vraisemblablement d'origine vagal, et il se trouve que j'étais présent. Un médecin a pu la voir. Je me suis proposé pour la ramener ici. Ce médecin m'a promis qu'il viendra demain la consulter à nouveau. Je pense alors que tout ceci appartiendra au passé. Quant à moi, pour ne rien vous cacher, je suis Lord Garrick, et Miss Mundty sait comment me joindre en cas de besoin.

Malgré sa faiblesse, Kelly ne put s'empêcher d'apprécier la prouesse de son compagnon. Il avait tout dit, en ne dévoilant pour ainsi dire rien de la scène dans ses bureaux. De plus, il avait choisi des mots rassurants.

— Oh, la pauvre petite, compatit Mrs Brown. Enfin, si vous dites qu'elle a vu un médecin, et que celui-ci reviendra dès demain, je présume qu'il faut maintenant la laisser se reposer.

Je vais cependant vous concocter un bouillon de légumes du jardin qui va vous aider à vous remettre d'aplomb, reprit-elle après quelques secondes de silence. Et ne protestez pas, n'oubliez pas que j'ai l'âge d'être votre mère, et que même si vous me louez cet appartement, le fait que vous soyez sous mon toit me rend, au moins à mes yeux, un peu responsable de vous !

Et je suis sûre que Monsieur..., euh... Lord Garrick, n'est-ce pas, me comprendra et sera d'accord avec moi !

— Oui, répondit Kelly en souriant, en effet c'est son nom, et promis, j'attends votre bouillon pour tenter de dormir.

Puis, se tournant vers Lord Garrick :

— Prévenez toutefois si vous le pouvez votre amie le docteur Surrey que je l'appellerai demain, car cela me gênerait qu'elle vienne jusqu'ici spécialement pour moi.

***** *****

**** ****

La nuit offrit un long sommeil réparateur de presque un tour de cadran pour Kelly. Un rêve souriant et agréable l'avait de plus agrémenté d'images gracieuses. Elle faisait de l'auto-stop sous un grand soleil dans une campagne déserte, un grand sac et sa guitare sur le dos. Une grosse voiture s'arrêtait. Le chauffeur ressemblait à Lord Garrick. Il lui proposait de l'emmener où elle le souhaitait. Elle acceptait, mais au moment d'y monter, ni elle ni l'homme ne parvenait à entrer son sac dans l'automobile. Il grossissait sans cesse comme Alice dans le conte de Lewis Caroll ! Finalement, elle décidait de le laisser sur le bord de la route, installait sa guitare à l'arrière de la voiture, montait devant à côté du conducteur, et la voiture s'envolait dans un ciel sans nuage.

Lorsqu'elle se réveilla, il faisait déjà grand-jour. Un rayon de soleil printanier, passé à travers une fente dans le lourd rideau qui lui servait de volet, avait timidement chatouillé ses yeux. Sa nuit avait été si reposante que ceci avait suffi à la réveiller. Ses souvenirs sur sa journée de la veille lui revinrent. Comment se sentait-elle ce matin ? Un estomac légèrement nauséeux... Une curieuse impression de tête vide et lourde à la fois... Bof, cela passerait rapidement après un thé chaud et un peu de céréales dans son yaourt. Et si cela ne suffisait pas, elle pourrait toujours prendre un cachet.

Elle en était là de ses réflexions lorsqu'on frappa à sa porte.

— Sans doute Mrs Brown qui s'étonne de ne pas m'entendre, ou qui s'inquiète pour ma santé, pensa-t-elle en allant ouvrir après avoir enfilé une robe de chambre.

Sa propriétaire était effectivement présente, mais accompagnée de Lord Garrick et du docteur Surrey.

— Bonjour, je viens prendre de vos nouvelles, comme je vous l'avais promis hier, fit cette dernière en entrant. Comme je ne connais pas votre secteur, mon ami Lord Garrick a bien voulu m'accompagner. Et puis je crois qu'il vous doit bien ça, conclut-elle avec un clin d'œil complice !

Comme celui-ci commençait à répondre sur un ton faussement vexé, et que Mrs Brown tentait elle aussi de s'immiscer dans la conversation, le médecin les fit quitter la pièce sous le prétexte de sa consultation.

— Bon, maintenant qu'on est seules, on va pouvoir travailler, dit-elle après avoir embrassé du regard le tour du studio. Enlevez-moi votre peignoir, asseyez-vous sur votre lit et tendez le bras, ordonna t'elle en sortant un tensiomètre d'une sorte de sac de voyage.

Puis elle continua l'auscultation. Ses gestes étaient précis et rapides. Elle posa également quelques questions sur la nuit que Kelly venait de passer, ses sensations, d'éventuelles différences par rapport aux autres nuits.

Finalement elle se leva, s'installa à une table et prit deux feuilles dans son carnet d'ordonnances. La première était pour Kelly. Il s'agissait de quelques médicaments vitaminés pour aider son organisme à se relever. L'autre était destinée à son médecin habituel. Elle y résumait la syncope que Kelly avait connue la veille, en y ajoutant quelques indications médicales, comme les mesures qu'elle avait relevées lors de ses deux auscultations, celles de la veille et du jour même. Elle confirma à Kelly que l'incident de la veille avait été spectaculaire, mais a priori sans être le symptôme précis de quoi que ce soit, mais surtout pas d'une chose grave. Il faudrait cependant se méfier et aviser si cela se renouvelait. De plus, elle insista pour que Kelly prenne quelques jours de repos. Après quoi, elle ouvrit la porte et cria dans l'escalier à Lord Garrick et à Mrs Brown qu'ils pouvaient monter.

Lorsqu'ils arrivèrent, Kelly leur répéta que tout allait bien, et les remercia de l'inquiétude qu'ils avaient pour elle. Lord Garrick profita de cet instant, et rappela à Kelly qu'il devait la voir.

— Si c'est pour des affaires, je t'interdis de la contacter avant trois jours, intervint alors la docteure.

— Soit, répondit l'autre avec un grand sourire et en se tournant vers la musicienne, j'attendrai trois jours pour vous appeler. Puisque Mike Cesena ne pourra pas être présent, le plus important à mes yeux c'est que vous, vous puissiez venir à Colombey. Et pourquoi pas, comme vous l'avez proposé, avec quelqu'un pour remplacer le deuxième membre du duo Mikelly !

Mais promis, ajouta-t-il en voyant son amie médecin froncer les sourcils, nous verrons ça plus tard.

***** *****

**** ****

Une fois tout le monde parti, Kelly s'assit sur son lit et ferma les yeux. C'était la première fois qu'elle se trouvait, seule, face à un incident qui aurait pu être grave. Une vague de fatigue et de lassitude l'envahit. Elle se sentait à nouveau l'esprit vide. Elle s'allongea, souhaitant somnoler quelques instants. Un léger bruit, comme des oiseaux qui toquaient à sa fenêtre, lui fit les rouvrir. Mrs Brown passait la tête dans l'entrebâillement de la porte, proposant un nouveau bouillon de légumes avec quelques fruits de son jardin. Il était en effet déjà l'heure du lunch. Kelly comprit qu'elle s'était rendormie. Elle remercia chaleureusement sa propriétaire, émue de ses gestes de gentillesse, et promit de continuer à se reposer comme il lui avait été conseillé.

Après avoir mangé, elle se demanda ce qu'elle ferait de son après-midi. Elle avait conscience de son état de fatigue. Toutefois, elle ne voulait pas passer tout ce temps au lit. Cela n'avait jamais été dans ses habitudes de se laisser aller à ne rien faire.

Elle prit son téléphone et fit des recherches pour vérifier ce que Lord Garrick lui avait dit. Etait-il un imposteur, ou réellement le neveu d'un oncle avec une mauvaise réputation, et décédé comme il le lui avait affirmé ? Elle trouva rapidement des annonces discrètes d'obsèques annonçant la mort de l'oncle. Elle supposa que la famille avait craint pendant la cérémonie des troubles de la part de ceux qui l'avaient vilipendé de son vivant. Puis elle eut l'idée de comparer l'horaire de l'office religieux à Colombey avec l'agenda de la Reine. Celle-ci avait effectivement quitté Buckingham Palace, pour « une visite privée », le jour de ses obsèques. Tout ceci montrait que le Lord Garrick qui s'était présenté à elle sous ce nom disait vrai. Elle trouva même une photo de lui dans un magazine people à l'occasion d'une compétition régionale de motonautisme qu'il avait remportée.

Elle décida alors d'appeler Mike. Il répondit aussitôt. Il était toujours à l'hôpital. Elle préféra ne pas lui faire remarquer que son téléphone était maintenant accessible.

— Alors, comment vas-tu, grand et seul vrai amour de mon cœur, commença-t-il ?

Kelly retint une moue d'énervement. Elle détestait ce type de plaisanteries douteuses. Elle prenait même leur ton doucereux pour un manque de respect envers les femmes. Se souvenant cependant de leur dernière discussion et de leur échange vif, elle accepta d'entrer dans son jeu pour quelques secondes.

— Mais que se passe-t-il, pauvre petit Mike ? Une infirmière a repoussé tes avances, et tu veux te consoler auprès de tes vieilles copines ?

— Ah, ma chère Kelly, il n'y a que toi pour savoir faire battre mon cœur...

— Malheureusement je t'appelle pour qu'on parle sérieusement, l'interrompit-elle. J'ai voulu décommander auprès de Lord Garrick. Il a exigé de me voir. Et là, je ne sais pas pourquoi, mais j'ai eu un souci... Un problème médical. Pas grave, enfin je crois, mais quand même...

— Comment...

La voix de Mike s'était transformée. Plus profonde, on sentait son inquiétude pour son amie.

— Il a appelé un médecin, qui m'a dit de tout arrêter et de me reposer pendant trois jours.

— Tu as vu un toubib ? C'était à ce point ? Mais qu'as-tu eu ?

Elle n'osait pas dire qu'elle s'était évanouie. Et en même temps elle ne voulait pas lui mentir. Malgré tous ses défauts, elle appréciait Mike.

— Ecoute... J'ai eu une... Comment dire... Oui, c'est ça, disons une faiblesse. Mais très importante. Lord Garrick était là. Au fait, ce n'était pas lui, enfin pas celui que tu crois.

Mike évacua ce qu'elle venait de dire.

— Plus tard ça. Toi d'abord. Comment es-tu actuellement ?

— Je suis chez moi. J'ai beaucoup dormi la nuit dernière. Et puis encore ce matin. Les trois jours de repos qu'on m'a imposés ne semblent pas du pipeau. Et toi, comment vas-tu ?

— Toujours à l'hôpital. Je devrais sortir la semaine prochaine. Par contre, impossible pour moi de rejouer de quoi que ce soit avant au moins un mois. Le temps de remettre la machine en route, pas de concert avant un mois et demi je présume.

— Et bien dis-moi, le duo Mikelly, il n'est pas joli ces temps-ci...

— Oui, comme tu dis. Tu me tiendras au courant de ton état ?

— Bien sûr.

— Bon, et bien cette fois, c'est fait, le concert n'aura pas lieu pour Garrick !

— A ce sujet, je voulais aussi te parler. Le Lord Garrick que j'ai vu n'est pas celui dont tu m'as parlé...

Kelly raconta alors à son duettiste tout ce que son interlocuteur lui avait dit ainsi que le résultat de son enquête sur internet. Mike ne la croyant pas, elle dut lui répéter à plusieurs reprises les mêmes faits, lui donnant les adresses des sites sur la toile. Peu à peu, il accepta cependant cette vérité.

— Admettons, finit-il enfin par marmonner. Et le concert ?

— D'après ce qu'il m'a dit, il a bien compris que tu ne pourrais pas jouer, et il accepte que tu sois remplacé. Mais il faut qu'on en parle, bien sûr.

— Mouais... Ce qui me surprend dans tout ça, c'est sa conduite envers toi. T'obliger à aller dans ses bureaux, appeler son propre médecin, te ramener, prendre de tes nouvelles... Il aurait un béguin pour toi que ça ne m'étonnerait pas. Et ça peut être rudement bien pour toi !

— Non mais ça va pas ? Je sais que pour toi tous les hommes ne pensent qu'à une chose, mais il y a des limites ! Et même si c'était vrai, lui au moins il a de l'éducation, il saurait se refréner. Il n'est pas comme des obsédés que je connais !

Mike s'excusa aussitôt, et très platement, en reconnaissant qu'il était allé trop loin. Lui aussi apparemment se souvenait de leur échange précédent, et ne voulait pas abîmer leur amitié. Après un silence, il revint vers elle :

— Et pour le concert, que vas-tu faire ?

— Comme je te l'ai dit, il faut qu'on en parle. Déjà voir si tu es d'accord. Et si oui, tant qu'à faire, autant trouver quelqu'un ensemble. Tu es d'accord ?

Mike acquiesça. Puis, après avoir papoté de choses et d'autres sans importance, comme savent le faire tous les amis, ils raccrochèrent en se souhaitant mutuellement un bon rétablissement.

***** *****
**** ****

Une fois cet appel passé, Kelly sentit dans son corps une demande de repos, un appel à la détente. Des fourmillements lui picotaient le bout des doigts, et le besoin de longs et profonds bâillements lui venait de plus en plus fréquemment. Elle se laissait rarement aller à s'écouter. Mais une peur rétrospective de son évanouissement de la veille, et les mots de la docteure Surrey lui conseillant quelques jours sans travail, firent céder le peu de désir d'action en elle. Son appartement était muni d'une baignoire, et elle s'imagina y rêvassant dans la chaleur de l'eau. Puis elle pourrait prolonger ce moment grâce à des soins sur sa peau. Le bien de l'âme se nourrit de celui qu'on offre à son corps.

Auparavant toutefois, il lui restait une tâche à assurer. Lord Garrick avait en effet dit qu'il la recontacterait dans trois jours pour évoquer le contrat de Colombey. C'est aussi pour ça qu'elle avait voulu absolument en parler à Mike. Et s'il était d'accord pour qu'elle le remplace pour cette date, elle devait maintenant résoudre ce point.

L'équilibre est la clé de la musique à plusieurs. Les meilleurs solistes du monde jouant ensemble, s'ils ne se respectent pas, donnent une bouillie pour les oreilles malgré l'étendue de leur technique. Il lui appartenait donc de décider qui pouvait être totalement en phase avec elle parmi ses connaissances.

Elle élimina d'emblée d'autres chanteurs masculins. Elle ne voulait pas que Mike ressente son remplaçant comme un concurrent possible. Et puis, il y avait autre chose. Elle avait remarqué que souvent les hommes se mettent en position de domination sur scène par rapport à leur partenaire lorsque celle-ci est une femme. Mike sur ce point était une exception. Il est vrai que son grand besoin de séduire lui permettait de cultiver ses attraits hors de la scène.

Après réflexion, Kelly s'arrêta sur une de ses amies, Diana Lintha. Le répertoire de cette chanteuse s'adressait plutôt aux enfants et adolescents. Mais la poésie de ses textes s'apparentait à ceux que Kelly mettait en musique. Et il y avait tant d'amour en elle, de gentillesse et de générosité, lorsqu'elle se produisait sur scène, qu'elle venait à bout de tous les publics. Ses chansons vous prenaient par l'oreille pour vous emmener dans un monde imaginaire où on riait et où on s'aimait, sans penser à mal.

Elle l'appela aussitôt. Par chance, Diana décrocha immédiatement. Après un moment de flottement, dû à la surprise de la proposition, elle accepta, à condition que Mike donne aussi son accord. Kelly apprécia que ce fut elle qui l'évoque dans leur conversation. Les deux femmes se connaissaient suffisamment pour jeter les bases d'un tour de chant. Elles se donnèrent rendez-vous pour des répétitions au milieu de la semaine suivante, si Mike acceptait le nom de Diana, ce qu'il fit dès que cela lui fut demandé.

Après quoi, Kelly accepta enfin de penser à elle. D'abord, devant la grande psyché de sa salle de bains, elle regarda son corps sans la moindre complaisance. Une première séance rapide d'épilation eut raison de quelques poils malencontreux et disgracieux. Puis, prenant un avocat, du miel et du lait d'amande, elle se concocta un masque capillaire. Elle en profita pour se masser tout le cuir chevelu pendant son application. Ses mouvements lents mais énergiques stimulaient les minuscules vaisseaux sanguins qui couraient sous sa peau, lui permettant de se délasser la tête. Puis ses doigts remontèrent aux pointes de ses cheveux dans un mouvement purificateur. Après s'être rincée, elle emplit la baignoire d'eau chaude, y jeta un peu de sels moussants, et s'y allongea enfin, le visage recouvert d'un masque concocté avec du yaourt mélangé à du miel et des flocons d'avoine, tandis qu'une musique douce se laissait tendrement entendre depuis la chambre.

Et, sans pouvoir se l'expliquer réellement, Kelly se dit qu'elle se sentait bien, que cela s'apparentait sans doute au bonheur d'être une femme, et que, quelle que soit l'apparence de son corps, cette sérénité ne pouvait que la rendre belle.

CHAPITRE 4

Lord Garrick lui téléphona trois jours après sa dernière visite. Après avoir pris des nouvelles sur sa santé, il lui proposa qu'ils se revoient le lendemain midi. Malheureusement Kelly avait déjà prévu une répétition avec Diana. Aussi, elle suggéra qu'ils se voient en soirée, juste après sa séance de travail. Ils convinrent d'un restaurant italien proche du logement de Kelly. Celle-ci n'avait jamais osé y entrer car elle le trouvait trop chic, mais elle fit comme si elle s'y rendait souvent. Ils continuèrent ensuite à parler de choses et d'autres pendant de longues minutes, de ces choses presque sans importance mais qui permettent de continuer à dialoguer avec quelqu'un sans lui demander de se dévoiler. Le ton de la voix et les mots choisis permettent de se présenter à l'autre tel qu'on est.

En raccrochant, Kelly se sentait émue sans qu'elle accepte de s'en donner la raison. Son cœur battait. Des pensées contradictoires lui venaient. Une immense boule de plaisir et de joie emplissait son corps. Et parallèlement, elle se demandait si elle avait dit des choses stupides, si sa proposition de se rencontrer le soir pouvait être considérée comme effrontée. Et puis surtout, elle se souvenait des paroles de Mike. Cet homme pouvait-il avoir un penchant pour elle ? Et qu'était-elle à ses yeux ? Sa possible conquête de la semaine ? Car elle savait ce que pensent la plupart des hommes très riches au sujet des femmes !

Le lendemain, les heures passèrent à une curieuse vitesse, parfois trop lentement lorsqu'elle pensait à ce dîner, parfois trop vite quand elle parvenait à se concentrer sur son travail avec Diana. Elles purent toutefois mettre sur pied la liste des chansons à présenter, avec leur ordre, et commencèrent à rédiger des transitions.

Enfin elles se séparèrent, et Kelly ne pensa plus qu'à son rendez-vous du soir. Elle se jugeait stupide d'y accorder autant d'importance. Peut-être après tout l'emploi du temps du golden boy ne lui permettait des plages de liberté qu'aux heures des repas, et qu'il voulait simplement parler de leur prochain concert.

Elle prit soin d'arriver avec quelques minutes de retard au restaurant. Lord Garrick l'y attendait sur le trottoir. Ils entrèrent. Sur les murs étaient peintes des fresques représentant des paysages typiques italiens. Des enceintes discrètes diffusaient des airs de mandoline. Un maître d'hôtel en veste blanche les conduisit à la table qui leur avait été réservée dès que Lord Garrick se fit connaître.

Celui-ci se montra particulièrement charmant pendant tout le repas, évoquant sa propre vie, celle de son oncle, injustement décrié selon lui, comme il le lui avait déjà dit. La soirée de gala qu'il organisait sera d'ailleurs dédiée à sa mémoire. Peu à peu, elle voyait en lui non plus le membre de la jet society, ne connaissant pas la vie des sans-argent, mais simplement un homme avec sa sensibilité et son intelligence. Plus elle l'écoutait, plus elle pressentait qu'il était bon. Et elle regrettait qu'ils ne soient pas du même milieu social. Elle aurait tellement eu envie qu'ils puissent tous les deux devenir de ces sortes d'amis très proches, capables de tout se confier l'un à l'autre sans arrière-pensée !

Il l'interrogeait aussi sur elle, lui demandant d'où elle venait, où elle trouvait son inspiration pour ses chansons. Elle se laissa aller, lui récitant même des poèmes d'écrivaines qu'elle aimait. Il s'en extasiait, et le sourire de ses yeux montrait que ce plaisir n'était pas factice.

On n'aime pas se séparer lorsqu'on se sent en bonne compagnie. Et le repas dura très longtemps. Il fallut toutefois à un moment penser à quitter le restaurant. A la sortie, devant la porte, Lord Garrick prit doucement la main de Kelly entre les siennes et la porta à ses lèvres. Puis son visage se rapprocha de celui de Kelly. Aucune concupiscence dans ses yeux. Juste le sourire du bonheur. Kelly sentait la chaleur de la peau de sa joue, le souffle de sa respiration, doux et puissant comme l'haleine d'un baiser. Elle fermait déjà les yeux, prête à recevoir cet hommage, pressentant son désir... Mais comme il s'approchait encore, pour prendre ses lèvres, elle s'en détourna brusquement, et ne lui offrit que son front. Elle eut été incapable d'expliquer son geste. Mais l'homme ne sembla pas lui en vouloir. Ses mains caressèrent ses cheveux, jouant avec ses mèches, et il déposa un long et langoureux baiser au-dessus des yeux. Elle les ouvrit. Ceux de Lord Garrick étaient rieurs, mais sans moquerie. Enfin, il lui reprit les deux mains, et murmura d'une voix paisible, presque bienheureuse :

— Venez, je vous ramène chez vous.

Regrettant son geste de refus, elle lui prit la main, et ils marchèrent ainsi les quelques centaines de mètres jusqu'à Nan Clarck's Lane. Arrivés devant la maison de Mrs Brown, elle tenta d'esquisser quelques mots d'explications, mais il l'interrompit avec un grand sourire :

— Si vous m'embrassiez maintenant, j'aurais l'impression que ce serait pour vous excuser de m'avoir refusé tout à l'heure. Je préfère penser qu'il y aura une prochaine fois. En tout cas je l'espère fortement !

***** *****

**** ****

Les quelques semaines suivantes servirent aux deux jeunes femmes à préparer le concert. Lord Garrick, retenu pendant cette période à l'étranger, téléphona pourtant à Kelly. C'était, affirma-t-il, pour s'assurer que le récital se présentait comme elle le souhaitait. Ils ne parlèrent pas d'autre chose, mais elle fut davantage troublée qu'elle n'aurait voulu se l'avouer par cette conversation d'apparence pourtant bien anodine.

Les répétitions se faisaient chez Kelly. Mike, qui avait enfin eu l'autorisation de quitter l'hôpital, était souvent présent. Il faisait office d'arrangeur et de metteur en scène, conseillant les chanteuses sur les intentions à rendre dans leurs chansons, sur leurs déplacements, et parfois même leur soumettait des phrases à dire au public. Convaincu de son prochain rétablissement rapide, il s'était aussi proposé pour régler les sons et les éclairages lors de la prestation.

— Après tout, avait-il avancé, depuis le temps que j'en dis du mal, j'aimerai bien voir le château où il crèche, le Lord Garrick. Et peut-être lui aussi par la même occasion.

Mrs Brown, qui revoyait sa jeunesse au Royal Albert Opera en entendant les airs à l'étage supérieur, avait choisi de choyer ceux qu'elle appelait « sa troupe de musiciens », en leur préparant de bons petits plats à base de sucres lents et de jus de fruits frais. Comme elle l'avait fait remarquer, « les gens ne se rendent pas compte, mais chanter est une activité très physique, où l'on fait travailler l'ensemble de son corps ! On ne parle souvent que de l'émotion et de l'intelligence qu'elle nécessite. Mais une bonne colonne d'air se prépare par une bonne assise dans le sol, et donc commence par un renforcement de tous les muscles ! »

C'est tout juste si elle n'avait pas proposé un footing au début de chaque répétition !

Kelly et Diana adoraient celle qu'elles appelaient leur Mamie Brown, et lui proposèrent de venir à Colombey dans leur équipe en tant qu'assistante. Comble de bonheur, alors qu'elle s'était refusée à monter dans le studio de Kelly pendant les répétitions, pour être certaine de ne pas les déranger, il lui fut proposé d'assister à une répétition générale du tour de chant dans sa salle à manger. Autant dire que Mrs Brown était aux anges...

Cette ultime séance se déroula avec de nombreux incidents, et plusieurs séquences durent être rejouées et rechantées. Mike, qui était superstitieux pour tout ce qui était spectacle, en conçut de grandes espérances. Selon lui, en effet, plus une générale se déroulait mal, plus la première était parfaite.

Le jour du départ arriva enfin. Le récital était prévu à 20 heures, mais entre le temps du trajet, l'installation des lumières et les ultimes réglages, il fut convenu de quitter Londres en tout début d'après-midi, après avoir déjeuné ensemble chez Mamie Brown.

Le trajet s'effectua dans de bonnes conditions. Kelly conduisait le fourgon qu'elle et Mike utilisaient pour leurs concerts. L'autoroute qu'ils suivaient traversait la campagne anglaise, laissant de chaque côté du bitume des champs cultivés, des villages et des petites villes. L'esprit dans le véhicule était détendu mais restait sérieux. Les jeunes femmes ne voulaient pas gaspiller leur énergie ou fatiguer prématurément leurs cordes vocales. Ils quittèrent la Highway quelques kilomètres avant Leistford, et prirent ensuite de petites routes sinueuses dans le bocage britannique.

— Tiens, on le voit, fit tout à coup Mike.

Des tours carrées et crénelées apparurent en effet au loin sur une petite butte par-dessus le feuillage des arbres. Ils continuèrent à rouler et commencèrent à gravir le coteau en question. Bientôt, une large avenue cavalière s'ouvrit sur leur gauche. Elle était bordée de longues et lourdes chaînes reliées à des bornes en béton. Ils l'empruntèrent et furent rapidement arrêtés par une haute grille en fer forgé. De chaque côté, des sapins taillés harmonieusement en figures géométriques, parfois boules superposées, parfois pyramides tronquées, couraient pour semble-t-il faire le tour du domaine.

A côté d'une pancarte annonçant fièrement le nom du château était un interphone. Kelly baissa sa vitre et s'y fit connaître. Le portail s'ouvrit alors aussitôt. Ils remontèrent l'allée, longue de plusieurs centaines de mètres. De chaque côté se trouvaient des pelouses d'agrément, plantées d'arbres pour la plupart centenaires, érables, chênes, hêtres, bouleaux... Ils arrivèrent enfin devant le château proprement dit. Sa façade mesurait une cinquantaine de mètres, et ses fenêtres et portes étaient décorées de motifs Renaissance. Elle était bordée sur ses côtés des tours aperçues depuis la route.

Une grande tonnelle blanche de réception avait été plantée dans la cour. Des camionnettes de livraison étaient garées à proximité, et des personnes s'affairaient déjà à tout préparer, portant des paquets et des plateaux vers le barnum ou le château.

***** *****
**** ****

Lord Garrick se précipita vers eux en leur faisant de grands signes des bras dès qu'il vit leur véhicule.

Kelly et lui ne s'étaient pas revus depuis leur soirée du restaurant italien. Kelly s'était bien sûr posé des questions sur ce baiser qu'elle avait refusé. Elle en avait eu envie, elle le savait, comme aussi sentir son corps dans ses bras, son souffle sur ses joues, sa bouche sur sa bouche... Et puis également sa peau contre sa peau, et peut-être davantage. Alors, pourquoi avait-elle dit non ? Comme on dit, un baiser n'engage à rien. Il est à peine une promesse qui ne veut rien dire mais qu'on aime croire, un sourire qu'on partage de très près, un instant de plaisir qui fait croire au bonheur, une respiration dans l'éternité de notre vie... Et ce « presque baiser » lui laissait un souvenir doux et agréable lorsqu'elle y repensait.

Ce fut donc avec plaisir qu'elle vit Lord Garrick venir vers eux. Et en elle-même, elle espérait pouvoir revivre cette magie avec lui, tout en étant cette fois-ci la personne qui le déciderait.

Après quelques mots de bienvenue, le maître des lieux leur expliqua ce qui était prévu pour eux. Le concert devait avoir lieu à l'intérieur du château dans l'ancienne salle de bal. Il la leur montra, leur fit rencontrer quelques personnes qui pourraient éventuellement les aider, puis leur désigna leurs chambres. Toutefois, décontenancé par leur arrivée à quatre, il indiqua ne pouvoir leur en proposer que deux. Il fut convenu que Mike et Kelly se partageraient la première, tandis que Diana et Mamy Brown prendraient l'autre. Après avoir déposé leurs bagages, ils se rendirent tous les quatre dans la salle où aurait lieu leur prestation.

Les trois femmes installèrent les deux projecteurs, les sonorisations, et branchèrent le tout sur une petite table au fond de la salle, où serait installée la régie de Mike. On fit quelques essais de lumière, les chanteuses prirent leurs marques sur la taille de la scène, et les balances de son furent réglées. Le plus difficile était maintenant terminé dans la préparation de la soirée. Il n'y avait plus qu'à attendre et à se préparer soi-même.

Le trac montait. Il restait 3 heures avant que les premières notes soient jouées. Mrs Brown organisa un petite collation, riche en sucre lents, qu'elle fit durer une heure. Lord Garrick passait de temps en temps s'assurer que tout se déroulait comme souhaité. Il en profita pour leur présenter sa sœur, que tout le monde appelait Alexiria, fusion de ses deux prénoms Alexandra et Victoria. Le sourire engageant, de long cheveux bruns, un port altier, une voix puissante et chaleureuse, elle avait tout pour plaire aux hommes. Une longue robe blanche retenue aux épaules par de larges bretelles plissées mettait en valeur la féminité de sa silhouette. Mike ne put d'ailleurs détourner son regard d'elle tout le temps de sa présence.

Un heure avant l'arrivée des premiers invités, le groupe de quatre se sépara. Mrs Brown et Mike se retirèrent vers la table de régie, tandis que les deux chanteuses rejoignirent les coulisses derrière le rideau. Pour évacuer leur adrénaline, Kelly effectua d'amples mouvements de yoga, tandis que Diana choisit de la gymnastique musculaire. Puis elles allèrent dans ce qui leur servirait de loge le temps de la soirée, pour se maquiller et se changer. Elles avaient choisi de porter les mêmes tenues, un pantalon noir surmonté d'un cache-coeur blanc de facture sobre, et dont les manches recouvraient les bras d'une simple dentelle en plumetis.

Plus l'heure du début approchait, plus les filles devenaient nerveuses. Le brouhaha accompagnant l'arrivée des invités se faisait plus fort. Diana, n'en pouvant plus, accéda à la scène depuis les coulisses pour quelques pas. Un rideau la fermait. Elle jeta un coup d'œil dans la salle par un interstice, pour tenter de jauger son public du soir.

Kelly entendit alors Lord Garrick discuter avec sa sœur. Leur présence à l'arrière-scène était normale, puisqu'ils devaient commencer la soirée par quelques mots de remerciements à leurs convives, puis annoncer le spectacle qui suivrait. Elle entrouvrit la porte de sa loge. Lord Garrick se trouvait effectivement à quelques pas avec Alexiria. Lui tournant le dos, il ne pouvait pas la voir. Kelly décida d'utiliser la manière forte, et l'appela.

— Lord Garrick ? Pouvez-vous venir je vous prie ?

Comme elle s'y attendait, il s'excusa auprès de sa sœur et rejoignit la chanteuse. à la porte de la loge.

— Non, à l'intérieur, je vous prie...

Avec une très légère moue de surprise et d'amusement, il obéit et entra. Kelly ferma alors prestement la porte, et, lui prenant la tête à deux mains, elle plaqua sa bouche sur la sienne. Les lèvres s'ouvrirent, les yeux se fermèrent, et les langues dansèrent langoureusement l'une avec l'autre. Les mains de chacun d'entre eux descendirent et serrèrent le corps de l'autre. Puis Kelly éloigna sa tête. Elle la posa tendrement sur l'épaule de son compagnon, comme on le fait parfois dans une danse lascive. Il se laissait faire. Curieusement, le play-boy, si habitué à diriger ses affaires de main de maître, qu'elles soient d'argent ou privées, se taisait.

Elle se retira doucement des bras de Lord Garrick.

— Je vous remercie. J'en avais besoin. C'est une habitude chez moi avant les spectacles. C'est pour me donner du courage et de l'énergie.

— Oh, murmura l'autre, c'était simplement dans un but d'échauffement ? Une tradition curative pour ainsi dire ?

Le ton suave de sa voix et le sourire dans ses yeux emplis de bonheur démentait le caractère ironique de ses mots.

Elle accepta d'y répondre de la même façon.

— Vous savez, nous autres artistes nous avons parfois besoin d'obéir à des pulsions étranges... Et puis ainsi, si j'ai un trou de concentration, je me dirai que je chante d'abord pour vous...

On frappa à la porte. La voix d'Alexiria se fit entendre

— Franz-August, il va falloir que nous allions sur scène.

Kelly lui passa la main dans les cheveux.

— Et bien, puisque j'apprends que vous vous appelez Franz-August, je vous dis, Franz-August, à tout à l'heure !

Et, après un dernier baiser rapide sur les lèvres, elle le repoussa vers la porte, et se tourna vers le miroir pour remettre de l'ordre dans sa chevelure et ses vêtements.

***** *****
**** ****

Kelly et Diana étaient maintenant presque sur scène, derrière le rideau qui en cachait les côtés. Elles se regardèrent, et se prirent très fort dans les bras pour se donner de l'énergie. Alexiria et Lord Garrick, devant le rideau, s'adressaient au public. Après les avoir remerciés de leur présence pour cette soirée caritative, ils annoncèrent le concert à venir. Le rideau s'écarta, et les deux femmes entrèrent sur scène d'un pas décidé et chaleureux sous les applaudissements de Lord Garrick et de sa sœur, suivis par l'assistance. Il y avait une grosse centaine de personnes.

Elles saluèrent le public d'un sourire et d'un signe de tête, puis s'installèrent debout, face au public, derrière les micros sur pied. Elles avaient choisi de commencer leur concert a capella, avec un poème d'une auteur américaine, Emily Dickinson, intitulé « Summer Shower » que Diana avait mis en musique. Leurs deux voix, pures et cristallines, s'élevèrent doucement dans la salle à la rencontre du public.

> « A drop fell on the apple tree
> Another on the roof;
> A half a dozen kissed the eaves,
> And made the gables laugh. »

(Une goutte est tombée sur le pommier/Une autre sur le toit/Une demi-douzaine d'autres ont embrassé les corniches/Et fait rire les pignons)

Au fur et à mesure que la chanson progressait, la puissance de leurs voix s'accroissait, et le rythme s'accélérait. Puis tout redescendit avant une reprise du premier couplet dans la douceur de son entame.

C'est Mike qui leur avait proposé cette introduction, encouragé par Mrs Brown. Il considérait en effet qu'un artiste doit prouver dès les premières notes la valeur de sa technique et de sa sensibilité. Et, connaissant les aptitudes des deux chanteuses, il n'avait pas craint de leur faire prendre dès la première chanson le risque d'un four. Les applaudissements nourris du public montrèrent qu'il ne s'était pas trompé.

Après quelques mots de remerciements, Kelly s'installa derrière son piano électrique et Diana prit sa guitare. Elles entamèrent leur deuxième chanson. Il s'agissait maintenant d'un texte d'une autre poétesse, Edith Wharton, mis en musique sous forme de balade, « Some busy hands » :

> « The rose is dead, and you are gone,
> But to the dress I wore
> The rose's smell, the thought of you,
> are wed forevermore »

(La rose est fanée, et tu es parti,/Mais à la robe que je portais/Le parfum de la rose, la pensée de toi,/Sont unis à jamais)

Le public leur offrit de nouveaux applaudissements chaleureux.

Puis elles chantèrent, seules chacune à leur tour, des chansons de leur propre répertoire. L'assistance restait dans le même enthousiasme. Lord Garrick et Alexiria s'étaient réservés des places à proximité de la scène. Kelly y jeta un coup d'oeil après l'interprétation d'une de ses créations. Franz-August était aux anges, et applaudissait des deux mains. Alexiria toutefois en était absente. Elle la découvrit lorsqu'elle regarda vers le fond de la salle. Elle était assise à la table de régie, entre Mike et Mrs Brown.

Lorsque le récital cessa, les deux femmes étaient en nage. L'assistance les applaudissait debout. Elles avaient évidemment prévu des chansons pour deux rappels, comme c'est souvent la norme. Mais ce soir-là, elles furent rappelées cinq fois ! Lord Garrick s'élança sur scène, les prit toutes les deux dans ses bras et les embrassa très fort sur les joues et les mains, leur faisant lever les bras en signe de victoire, et elles sortirent de scène sous les vivats et les applaudissements. Les femmes s'embrassèrent à nouveau en rejoignant les coulisses, tandis que Mrs Brown arrivait, elle aussi exaltée par le spectacle. Il manquait Mike, mais celui-ci avait décidé de faire durer la fête, faisant danser les lumières des projecteurs sur l'assistance.

Enfin, il ralluma la salle et éteignit les projecteurs. Des spectateurs voulaient absolument féliciter les deux chanteuses. Certains tentèrent de monter sur scène, mais furent rapidement arrêtés dans leurs efforts par Lord Garrick. D'autres les attendaient près des fourgonnettes de service, pensant qu'elles y arriveraient certainement à un moment ou à un autre. Quoique issus de la très haute société britannique, les invités au château de Colombey semblaient avoir perdu leur flegme légendaire.

***** *****

**** ****

Après le baisser du rideau, les deux jeunes femmes se rendirent dans leurs loges. Mamy Brown les y attendait déjà avec des serviettes et des rafraîchissements. Lord Garrick les rejoignit rapidement. Encore enthousiaste de la prestation à laquelle il avait assisté, il s'était fait accompagner de quelques amis qui avaient absolument voulu les féliciter et les remercier chaleureusement de leur concert.

Tous ces compliments faisaient rosir de joie les deux chanteuses. Diana affirma que la réussite de la soirée était aussi due à la qualité du public, particulièrement réceptif. Kelly ajouta que l'organisation sans faille de Lord Garrick, en avait été aussi une des clés. Dès que ces invités eurent quitté la salle, Mike arriva avec Alexiria. Il expliqua qu'il s'était occupé du démontage et du rangement de leur matériel dans la fourgonnette, avec l'aide d'employés du château appelés par la sœur de Lord Garrick.

Diana et Kelly lui demandèrent, bien sûr, ce qu'il avait pensé de la soirée. Son avis leur était important car il avait été le metteur en scène des chansons, aussi bien au niveau des harmonies entre les deux jeunes femmes que sur leurs déplacements, ou la gestion de leur lien avec le public. Elles avaient confiance dans son jugement de professionnel. Une excellente chanson avec une énergie explosive à la fin d'un concert peut induire des spectateurs en erreur, en leur donnant un bon souvenir d'un concert en réalité de moins bonne qualité. Elles avaient aussi conscience de ne pas avoir toujours respecté ses instructions. Il les rassura, conforté par des dénégations des autres personnes dans la pièce. Lui aussi avait constaté les accrocs auxquels elles faisaient allusion. Mais le public avait continué à les suivre, et c'était le plus important. Ceci montrait même, ajouta-t-il, que les metteurs en scène et en musique ont moins d'importance que les personnes qui sont sur scène. Pour reprendre l'image du voyage cher à Kelly, son travail avait été de proposer un itinéraire, de façon plus ou moins stricte, mais c'était uniquement les chanteuses qui tenaient le volant. Et ce soir-là, le voyage avait été magnifique.

Les deux jeunes femmes prétextèrent ensuite une douche à prendre pour monter dans leurs chambres respectives. Chacune disposait bien évidemment de son cabinet de toilette.

Ayant conscience que Mike pourrait survenir à n'importe quel moment dans la chambre qu'ils s'étaient choisis, Kelly s'enferma dans la salle de bains. Elle se déshabilla rapidement et plongea sous la douche. L'excitation due à l'adrénaline et au bonheur transmis se mélangeait en elle à la fatigue de l'effort physique. Elle ressentait le contact de l'eau coulant sur son corps davantage comme un massage revitalisant que comme un soin d'hygiène. Elle s'autorisa à y rester plus longtemps qu'habituellement. Quand enfin elle ferma les robinets, la pièce baignait dans une atmosphère chaude. De fines particules d'humidité semblaient voler dans l'atmosphère. Elle se sécha, se rhabilla avec ses vêtements du matin et retourna dans la chambre après avoir frappé. Mike n'était pas encore revenu.

Elle s'approcha d'une fenêtre. Elle donnait sur la cour d'apparat, par où ils étaient arrivés et qui ensuite avait servi de parking aux invités. Dans la nuit, elle était éclairée par des réverbères dans le parc ainsi que par la lune. La cour elle aussi s'endormait. Quelques bribes de discussion, des moteurs démarrés, des crissements de pneus sur des graviers... Bientôt tout redeviendra calme et tout s'éteindra à l'extérieur.

Quelques bruits se faisaient encore entendre cependant dans la demeure historique, et provenant du rez-de-chaussée. Il était à peine 23 heures, et Kelly n'avait pas sommeil. Elle eut envie de quitter sa chambre et de sortir, peut-être pour humer l'air de la nuit estivale une dernière fois avant de se coucher.

En bas, des employés s'affairaient à terminer de remettre dans son état initial la salle de bal ayant servi pour le spectacle. On pouvait noter aussi des allées et venues aux alentours de la cuisine. Sans doute pour achever de ranger les repas et terminer la vaisselle.

Une porte était entr'ouverte près du vestibule. De la lumière s'en échappait. Kelly la poussa timidement. Il s'agissait de la bibliothèque. Les murs étaient recouverts d'étagères chargées de livres reliés en cuir. Ils étaient protégés par des portes sur lesquelles était tissée une sorte de fin grillage noir.

— Bonsoir, vous non plus vous ne trouvez pas le sommeil ?

C'était la voix de Lord Garrick.

— Non, mais c'est fréquent après les concerts, répondit-elle en souriant et en se tournant vers lui.

Il était assis dans un canapé, un livre dans les mains.

— Je suis fascinée par la richesse et la magnificence de cette pièce. Tous ces livres si luxueusement décorés... Quel écrin pour ces merveilles. Combien y en a-t-il ?

— 2753, pour être précis. Mais peu pourraient vous intéresser réellement. Ils contiennent pour la plupart des faits ou des registres liés au château, ou des revues scientifiques datant du roi Georges V. Ceci dit, je me suis souvenu qu'il y avait celui-ci. C'est en pensant à vous, et à votre tour de chant, que je suis venu ici. Je suis sûr que ce livre vous intéressera. Approchez que je vous le montre.

Il souleva l'ouvrage qu'il lisait lorsqu'elle était entrée. Elle obéit, tout en restant debout face à lui.

— Vous avez indiqué pendant le concert avoir mis en musique des textes de poétesses américaines de la fin du XIXème siècle. Or j'ai ici une édition originale de 1853 contenant des échanges, poèmes et lettres, entre Frances Sargent Osgood et Edgar Allan Poe.

Kelly le regarda bouche bée. Puis elle murmura en souriant.

— Quelle chance vous avez de posséder un tel trésor.

Il lui montra de la main la place à côté de lui. Elle obéit, s'y assit sans quitter le livre des yeux, et commença à lire.

« Thou wouldst be loved? —then let thy heart
From its present pathway part not!
Being everything which now thou art,
Be nothing which thou art not.
So with the world thy gentle ways,
Thy grace, thy more than beauty,
Shall be an endless theme of praise,
And love—a simple duty.

(Tu serais aimée ?/Que ton cœur alors ne quitte pas son chemin actuel !/Etant tout ce que tu es maintenant,/Ne sois rien que tu n'es pas./Ainsi de par le monde tes manières douces,/Ta grâce, ta grandiose beauté,/Seront un sujet de louange sans fin/Et l'amour – une obligation facile.)

Elle relut et, fermant les yeux, répéta le poème. Elle sentait près d'elle le souffle de Lord Garrick, sa présence, sa chaleur. Son émotion aussi. Elle rouvrit les yeux. Ceux de son compagnon étaient plongés dans l'échancrure de son chemisier qui baillait sur sa poitrine.

— Vous aimez ?, demanda-t-elle avec un ton ingénu.

Lord Garrick hésita quelques fractions de seconde. Puis, la regardant avec des yeux pleins d'amour :

— Qui ne rêverait pas de recevoir de tels mots d'amour ? Même si ce fut paraît-il un amour platonique.

— Oh, je ne parlais pas de cela...

Joignant le geste à la parole, elle déboutonna un à un le haut de son vêtement, puis embrassa longuement et très langoureusement Lord Garrick. Celui-ci se laissa évidemment faire, et leurs bouches et leurs langues entamèrent un ballet de volupté. Rapidement, les mains cherchèrent le corps de l'autre. Dans leurs caresses, elles écartèrent les vêtements. Les doigts jouaient avec les dos, les ventres... Lord Garrick quitta la bouche de Kelly pour descendre vers ses seins. Il les picorait, les embrassant sans fin en murmurant des mots d'amour éternel à sa propriétaire.

Kelly sentait sa respiration s'accélérer, son cœur battre de plus en plus fort. Dans la chaleur de son corps, un désir montait physiquement dans son bas-ventre et sa poitrine. Elle jeta un coup d'œil vers la porte qu'elle n'avait pas fermée. Lord Garrick comprit aussitôt. Il se leva, lui prit la main, et l'emmena dans sa chambre.

CHAPITRE 5

Lorsqu'elle retourna dans sa chambre, les sens et l'esprit repus de plaisir et d'amour, Mike était déjà couché. Il ronflait comme un sonneur, aussi bruyamment qu'un amplificateur mal réglé.

« Et tu t'étonnes d'être encore célibataire », sourit intérieurement Kelly.

Toutefois, malgré la gêne de ce bruit, Kelly, toute à son bonheur d'avoir rencontré un homme qui lui plaisait et à qui elle plaisait, s'endormit rapidement dans un château dont la silhouette lui semblait voler dans le ciel.

Le lendemain matin, tout le monde se retrouva à la table du breakfast. Le temps était si beau qu'Alexiria proposa que ce premier repas de la journée ait lieu dans le jardin. Chacun approuva, et les bols, cafés, thés, bacons, œufs sur le plat, et tout le nécessaire furent amenés par les participants. Kelly remarqua que Diana souriait moins que les autres convives, mais elle mit cela sur le compte d'une mauvaise nuit. Les nuits après un concert sont parfois difficiles, et elle n'avait pas reçu vraisemblablement un antidote comme elle-même la veille.

Lorsqu'on apprit que la marmelade avait été préparée au château, Mrs Brown titilla la cuisinière jusqu'à obtenir d'elle la recette. Après avoir refusé dans un premier temps, elle obtempéra sous les rires de l'assemblée, et avoua qu'elle ajoutait en secret à sa compote d'orange du cidre et de la pomme.

Enfin, Kelly, Diana, Mike et Mrs Brown prirent congé de leurs hôtes. Lord Garrick remit alors une enveloppe à Kelly en expliquant qu'il s'agissait du chèque du cachet. Elle l'ouvrit pour vérifier le montant, qui était conforme à ce qu'elle attendait. Il était toutefois accompagné d'une carte de visite sur laquelle figuraient ses différents moyens de contacts postaux, électroniques et téléphoniques. Une annonce sibylline, qui aurait pu passer pour de la simple politesse pour quiconque n'aurait pas eu connaissance de leur soirée, y avait été ajoutée à la main : « Comment oublier le bonheur et le plaisir que vous avez su offrir hier soir ? »

Puis ils remontèrent dans leur fourgonnette et rentrèrent sur Londres. Chacun, sauf Diana, s'enthousiasmait encore de leur succès de la veille. Toutefois, lorsque Mrs Brown esquissa l'idée de pérenniser le duo, les réponses devinrent évasives. Mike rappela qu'il ne s'agissait que d'un pis-aller dû à sa fracture, et que Kelly était officiellement en duo avec lui. Ils commençaient tous les deux seulement à être connus et à pouvoir vivre de leur musique, il ne souhaitait pas avoir à tout recommencer, sauf évidemment si Kelly voulait y mettre fin. Ce qu'elle rejeta aussitôt. Diana fut encore plus catégorique. Un contrat avait été signé et Lord Garrick n'avait pas voulu s'en dédire. Elle avait accepté par amitié pour Kelly, mais sa carrière à elle restait centrée sur les jeunes publics. Elle conclut en affirmant qu'ils avaient fait un très bon travail de professionnel à trois, avec Mrs Brown pour l'intendance ajouta-t-elle en lui souriant, mais que son avenir dans la chanson ne pourrait pas passer par des duos sur du long terme avec Kelly. Ce qui n'empêchait pas, termina-t-elle, qu'elle restait bien sûr disponible pour des remplacements ponctuels.

***** *****
**** ****

Les jours qui suivirent appartinrent aux plus beaux que Kelly ait jamais connus. Lord Garrick lui envoya en effet dès le 30 juin un courrier électronique, en réalité une déclaration d'amour.

Colombey le 30 juin,
Oh my darling Kelly,

Ton départ du château m'a été un déchirement. Et depuis je pense sans cesse à toi. Tu pourrais penser, bien sûr, que notre rencontre dans la bibliothèque et ce qui a suivi en est la cause. Ce serait bien mal juger ce qui m'arrive. Mes sentiments pour toi vont au-delà du corps. Je suis amoureux de toi comme je n'ai jamais été. Plus rien n'existe à mes yeux, sauf toi. Je ne veux plus qu'une seule chose, te revoir. Et même si c'était de loin, sans pouvoir te toucher autrement que des yeux, du moment que je saurais que tu l'acceptes, je crois que j'en serais suffisamment heureux pour m'en contenter. C'est curieux, n'est-ce pas, le capitaine d'industrie que je suis paraît-il, se retrouve le cœur et la pensée liés à un seul objet, dont toi seule est le centre et la périphérie....

Mais cet amour est si fort, si grandiose, si puissant, que je ne peux le garder pour moi seul. Je t'en confie timidement donc l'existence comme le ferait un adolescent peu sûr de lui.

Dis-moi, je t'en prie, que tu acceptes de me revoir, que tu acceptes que je t'aime, et que tu acceptes ma compagnie.

Je t'aime profondément, et n'aspire qu'à une chose, ne pas te déplaire.

Elle lui répondit le jour même.

Londres, le 30 juin

Mon amour, mon grand, mon furieux, mon magnifique amour,

Moi aussi je t'aime, de tout mon cœur. Et, sais-tu, jamais je ne pensais aimer avec une telle force !

Cela est si beau. Savoir que je pense à toi, que tu penses à moi, que cet amour grandiose, et en même temps simple car juste et vrai, est dans nos existences, comment ne pas en remercier la vie ?

Chacun de nous a connu et suivi sa route. Par bonheur, elles se sont croisées et rien ne sera plus jamais comme avant ! Comment ne pas te remercier d'exister et de m'offrir ce cadeau d'être ce que tu es et de m'avoir attendue. Quand je pense à toi, maintenant, je sais pourquoi je vis.

Je t'embrasse amoureusement, passionnément !
Ta Kelly

Ce ne furent alors que courriers électroniques, communications téléphoniques, tous empreints du même refrain, le plus doux qui puisse jamais résonner dans un cœur, « Je t'aime, je t'aime, je t'aime... ». Kelly vécut dans une bulle d'amour ensoleillée par la pensée de Lord Garrick et confortée par l'ensemble de ces messages qu'ils s'échangeaient.

Lord Garrick devait rester quelques jours encore à Colombey. Il proposa cependant de venir la rejoindre un soir à Londres. Nan's Clark Lane n'était en effet qu'à trois heures du château. Elle l'en dissuada, bien qu'à contrecœur. Aussi, ils convinrent de se voir dès le dimanche suivant à son retour à la capitale, et échafaudèrent des projets de week-ends pour les semaines suivantes sur la côte du Suffolk où il possédait un cottage. Et la force de leur amour était telle qu'ils ne pouvaient pas simplement se contenter de messages par téléphone et mails. Les baisers qu'ils s'offraient à travers le combiné se transformaient peu à peu en évocation de caresses.

***** *****
**** ****

Kelly en était là de son bonheur au quotidien et de son amour lorsqu'elle se rendit chez Diana. Il avait été convenu que le règlement de son cachet à elle se ferait en espèces, et il avait fallu attendre quelques jours pour que le paiement de Lord Garrick soit crédité sur le compte de Kelly.

Diana avait disposé les tasses et un gâteau pour qu'elles puissent toutes deux papoter en prenant un thé. Kelly s'était bien rendu compte que quelque chose avait gêné son amie au château de Colombey, et avait pensé qu'il s'agissait simplement d'une mauvaise nuit. Or il n'en était rien.

— Dans la voiture, au retour, j'ai cru bondir lorsque Mrs Brown a proposé que nous restions en duo ! Enfin quoi, de quoi se mêle-t-elle !

Kelly ma chérie, je t'aime bien, mais je te le dis, il n'est pas question pour moi de recommencer ce petit jeu !

— Mais quel jeu ?

— Ne me dis pas que pour toi tout s'est passé normalement ! Ou c'est moi la cruche !

— Attends, je ne comprends pas ce que tu dis. Qui parle de cruche ?

— Et bien là, si tu ne vois pas de quoi je veux parler, tu es vraiment la plus naïve !

Le ton commençait à monter entre les deux jeunes femmes. Kelly se retenait de dire à Diana que sa vie privée ne la regardait pas.

— Ce que les autres font avec leurs corps, ça ne me concerne pas, et je n'ai pas à en juger, reprit Diana. Moi-même, avant de rencontrer Peter et de me marier avec lui, crois-moi, j'en ai fait des vertes et des pas mûres ! Et même si maintenant je me considère rangée, j'admets qu'on s'amuse ! Mais pas à ce point-là ! Car là ! Là-bas ! Oh, vraiment !

— Mais si tu disais enfin ce que tu as sur le cœur, ce serait plus simple pour tout le monde, s'impatienta Kelly.

— Comme si tu ne le savais pas ! Ne me dis pas que tu ne t'en es pas rendue compte !

— Mais rendue compte de quoi ! Cesse de parler par énigmes, c'est irritant à la fin !

Diana respira un grand coup, regarda Kelly dans les yeux pendant quelques instants, comme pour jauger sa candeur, et reprit.

— Bon. Est-ce que toi tu crois que les hommes changent ?

Kelly fit une moue dubitative.

— Est-ce que tu crois aux histoires d'amour entre des princes ou des princesses et leurs bergers ou bergères ?

— Pourquoi tu poses cette question, répliqua Kelly qui se sentait de plus en plus visée.

— Parce que je ne veux plus être prise pour une idiote.

— Explique-toi...

Diana but quelques gorgées de sa tasse de thé. Kelly la connaissait assez pour savoir qu'il ne s'agissait pas d'une posture dans le but d'accroître son effet.

— Donc pour toi, il ne s'est rien passé de particulier ce soir-là ?

Kelly haussa légèrement les épaules.

— Tu n'as pas vu Mike et Alexiria ?

— Qu'ont-ils fait ?

— Je te laisse deviner...

Kelly se souvenait maintenant qu'elle les avait vus effectivement ensemble pour ainsi dire toute la soirée, et toujours à rire et à sourire. Mike était réputé pour être un chaud-lapin, et si Alexiria n'était pas farouche, tant mieux pour lui d'avoir su en profiter. En tout cas, cela ne justifiait pas la colère de Diana.

— Et alors, demanda-t-elle ?

— Et alors, je n'en veux plus. Je te l'ai dit, je ne crois pas être prude, et ceux qui m'ont connue avant savent que je ne suis pas une oie blanche. Mais il n'est pas question pour moi de refaire une prestation avec ton Mike à portée de guitare !

— Bon, ils se sont fait plaisir. Je ne vois pas où est le problème pour toi. Aucun des deux n'est dans ta vie, que je sache.

— Il ne manquerait plus que cela ! Mais je te rappelle avoir déjà dû travailler avec Mike en décembre dernier pour un arbre de Noël dans une école. Et il en avait profité pour se faire la Directrice !

— Toi et moi on connait Mike. S'il a envie de s'amuser, c'est son droit...

— Non, ce n'est pas ça... Il fait ce qu'il veut avec ses fesses. Il aura un jour certainement des ennuis, mais ce sera son problème. Seulement je participe deux fois à des concerts avec lui en 6 mois, et deux fois il se fait l'organisatrice ! Tu ne vas pas me dire que ce type est normal !

— Ah, c'est ça qui ne te convient pas, respira Kelly.

— Mais quand même ! C'est un malade ! Comment peut-on travailler avec quelqu'un qui ne pense qu'à sauter sur tout ce qui bouge ! Je vais même te dire, une fois de temps en temps, je peux comprendre. Mais quand c'est systématique, ce type est un déséquilibré, un ob-sé-dé, et je ne veux plus le voir !

— Oui... Je comprends... de toute façon... Bon ça restera entre nous... Enfin, tu sais, je ne me vois pas quitter le duo des Mikelly alors qu'on commence seulement maintenant à avoir un peu de reconnaissance...

— Alors ça, c'est toi que ça regarde. Mais je tenais absolument à te le dire.

— Et pour Alexiria, reprit Diana, de toute manière, tu seras bien d'accord, même si elle devient sa maîtresse attitrée, ou lui son amant en chef, ça me semble évident, ça ne marchera jamais entre eux. Allez, je leur donne au mieux quelques semaines. Une histoire d'amour entre quelqu'un de très riche comme elle et un traîne-misère comme lui, comment veux-tu que ça fonctionne ? Ils n'ont pas la même culture de l'argent, de la vie, de tout !...

Et puis ne serait-ce qu'au niveau des amis, comment tu vois l'avenir d'une pareille relation ? Tu le vois, lui traîner dans les couloirs de Westminster, ou elle, en train de s'encanailler vers Soho ? Non, c'est juste une histoire de fesses, et ça, je n'en veux pas dans mon travail quand c'est sys-té-ma-ti-que ! En plus, je trouve que ce n'est pas respectueux pour moi, et même que c'est dangereux ! Comment faire confiance à la personne chargée de la sécurité électrique du concert si on sait qu'il ne fait que regarder les femmes autour de lui ! Chacun sa vie, mais les obsédés dans mon travail, c'est fini pour moi !

***** *****

**** ****

Kelly quitta Diana bouleversée par ce qu'elle avait entendu. Non pas que le jugement de son amie sur Mike ait de l'importance à ses yeux. Il lui était déjà arrivé de constater chez elle parfois des jugements hâtifs et rigides. Et quant à son duettiste, elle le pratiquait depuis suffisamment longtemps pour connaître sa manière de vivre ou sa façon de penser au sujet des femmes. Elle avait elle-même dû repousser ses avances, et d'ailleurs il avait parfaitement accepté ses refus d'aller au-delà d'une simple collaboration professionnelle.

Non, ce qui l'avait choquée, ça avait été l'affirmation forte qu'aucune histoire d'amour ne pourrait s'épanouir durablement entre Mike et Alexiria à cause de leur forte différence sociale. Son simple exemple, celui des amis, l'avait frappée.

Oui, au-delà de son amour pour Franz-August et du sien pour elle, car elle était certaine de sa sincérité dans ses échanges tendres, comment envisager sereinement un amour commun ? Lui, dont les affaires le faisaient voyager dans le monde entier, lui dont les soirées dans la jet-society devaient être fréquentes, lui dont le métier était de gérer une fortune de millions de livres quand elle-même avait du mal à assurer le loyer de son studio, lui qui vivait dans un château familial et avait son bureau dans le quartier le plus cher de Londres quand elle devait se contenter de son petit logement en périphérie... Oui, Diana avait certainement vu juste. Les histoires d'amour et de mariage entre un prince et une bergère n'existent que dans les contes pour enfants.

Kelly marcha longuement dans les rues de Londres. Des pensées sinistres lui venaient. Elle sentait ses yeux s'humecter. A plusieurs reprises, elle dut sortir un mouchoir pour les essuyer. En admettant même que leur amour soit si fort qu'il vaincrait tous les obstacles auxquels elle pensait, qu'ils soient sociaux, financiers, familiaux, qu'en serait-il de l'avenir ? Comment imaginer que leurs modes de vie pourraient se rejoindre ? Un couple, c'est d'abord la volonté de construire une vie en commun. Mais même s'ils avaient cette volonté grâce à leur amour, pourraient-ils vraiment se construire un avenir ?

Elle s'arrêta dans un salon de thé pour s'asseoir et continuer à réfléchir. Elle commanda la première chose qu'elle lut sur la carte et plongea dans son smartphone. Elle chercha des sites spécialisés dans la psychologie du couple et de l'amour. Ils ne lui apprirent rien qu'elle ne savait déjà. Une relation amoureuse a plusieurs phases. La plus belle, celle de la passion des cœurs est celle où on ne voit aucun défaut à l'autre. La personne aimée est sublimée. Et si elle est obligée de s'absenter, à cause du travail ou d'autres obligations, on continue à ressentir en permanence sa présence et à l'imaginer. C'est pour cela que toutes les personnes amoureuses ont ces délicieuses surprises de recevoir un appel téléphonique de leur aimé comme elles pensent à lui.

Puis la passion diminue. L'amour peut rester, mais il se transforme en une sorte de tendresse. Certains couples ne réussissent pas à passer ce moment. Il implique un désir farouche d'y parvenir de la part des deux.

Kelly s'imagina dans cette vie commune, après quelques années. Elle, la petite chanteuse désargentée, et lui, le notable richissime, titulaire d'un siège à la chambre des Lords, leurs deux classes sociales aux deux extrémités de l'échelle... Comment gagnerait-elle sa place dans ce monde, si éloigné de ce qu'elle a toujours connu ? Comment apprendrait-elle les codes de l'univers de son homme ? Le moindre faux-pas serait synonyme de moquerie. Et même si elle parvenait à respecter les règles de ce nouveau milieu, ne serait-elle pas, et pour toujours, la petite parvenue qui aurait réussi à s'attacher la passion d'un play-boy fortuné ? Elle imaginait les risées et les sourires condescendants dans son dos.

Et lui-même, accepterait-il les déceptions qu'elle lui apporterait ? Pareil à sa sœur, n'aurait-il pas envie de chercher ailleurs un cœur qui lui correspondrait mieux ? Oh, non, elle ne voulait pas cela....

Que lui restait-il comme solution ? Profiter de leur amour commun pour s'écrire une tranche de bonheur, sans penser à demain ? Mais refuser d'imaginer l'après, n'était-ce pas déjà accepter qu'il n'existe pas ? Et une relation amoureuse qui s'écrit juste au présent, sans croire à un avenir, n'est-ce pas simplement devenir une maîtresse ?

Kelly se souvint d'une de ses amies, elle non plus pas très riche. Elle avait eu une liaison avec un homme marié assez aisé. Celui-ci lui avait promis un divorce pendant des mois et des mois. Lassée de ses promesses, elle lui avait fait croire un jour qu'elle était tombée enceinte. Il la quitta quelques semaines plus tard, après lui avoir fait donner un chèque par l'intermédiaire d'un avocat, avec comme obligation écrite de ne jamais tenter la moindre action contre lui.

Peu à peu, une idée affreuse germait en elle. Non, elle ne croyait pas qu'il put l'aimer aussi longtemps qu'elle l'aurait voulu. Non, elle ne voulait pas devenir celle qu'il rejetterait dans quelques années. Et elle voulait encore moins se voir traitée comme une simple maîtresse !

***** *****
**** ****

Kelly avait pris sa décision. Il fallait qu'ils se séparent. Cet amour était une erreur. Elle rentra tristement en pleurant discrètement. Dans sa chambre, allongée sur son lit, elle se laissa aller. Ses larmes vidèrent sa boite de kleenex. Son smartphone sonna. C'était un mail de Lord Garrick. Elle ne put s'empêcher de le lire. Il débordait d'amour.

« Ma tendre chérie,
Que tu me sembles loin, là-bas à Londres. J'aimerais tant te voir, te regarder, te prendre dans mes bras. J'aimerais t'embrasser, à pleine bouche,

à plein corps, non pour te posséder mais pour te montrer l'importance de mon amour. Tu es ailleurs, oui, et cependant je te sens ici, présente dans ce vieux château. Où que j'aille, je t'y revois. Et là où tu n'es jamais venue, dans ces pièces et recoins qui n'ont pas encore connu le bonheur d'être arpentés par la grâce de tes pas, je t'imagine cependant. Ton image sillonne ma vie, et c'est une douce et agréable vision. Ton aura surplombe chacun de mes gestes, chacune de mes pensées.

Plus rien n'existe en moi quand je ne te ressens pas. Ton amour et ton esprit sont en moi, indéfectiblement, éternellement, continuellement. Je ne suis plus car je suis maintenant toi et moi. Je suis Nous.

Franz-August »

Ce message la fit pleurer encore davantage. Elle avait l'impression que ses joues se ravinaient sous le sel de ses larmes. Un mal de tête la frappa. Elle douta. Comment peut-on vouloir quitter un homme qui vous envoie de tels messages ? Et elle revit la scène qu'elle s'était imaginée, les plaisanteries douteuses des amis de Franz-August dans son dos. Il y aurait aussi le dédain et le mépris pour la petite chanteuse de la part de cet homme dans quelques années quand il lui rappellerait qu'il l'avait tirée du néant. Dans ce moment de solitude, on frappa à sa porte. Elle crut que c'était lui, essuya prestement ses larmes et se précipita vers la porte. Il s'agissait de Mrs Brown. Inquiète des sanglots qu'elle avait involontairement perçus, elle venait voir ce qu'il se passait.

Elle montra de grands yeux éberlués lorsque Kelly ouvrit la porte. Les yeux rougis et encore humides, un tas de mouchoirs en papier froissés sur le lit ne lui laissèrent aucun doute sur ce qu'il se passait.

— Ma pauvre Kelly, venez dans mes bras, fit elle aussitôt.

Et joignant les gestes à la parole, elle alla vers elle en tendant les mains. Kelly refusa d'abord.

— Non, je vous remercie, ça va...

Une nouvelle crise de larmes démentit immédiatement ses paroles trompeuses. Elle accepta alors de se blottir contre sa propriétaire. Au bout de quelques minutes, Mrs Brown l'emmena s'asseoir sur le lit.

— Allez... Allez... Ca va aller... Tout passe, vous le savez bien...

Kelly se reprit peu à peu. Mrs Brown s'enquit alors de l'origine de cette immense tristesse.

— Quand une jolie jeune femme pleure ainsi, c'est à cause d'une histoire d'amour... C'est ça ?

Kelly sourit, ce qui était un acquiescement.

— Et bien écoutez, il est 5 heures. Nous allons prendre notre thé ensemble, et vous allez me raconter ce que vous voudrez. Dites-vous juste que plus un chagrin est important, moins il faut le garder pour soi.

Mrs Brown s'était levée et commençait à chercher dans les placards de Kelly de quoi préparer le thé.

— Alors, que se passe-t'il ? Il ne vous aime pas ou il ne vous aime plus ?

Kelly baissa la tête et fronça le visage pour éviter une nouvelle crise de larmes.

— Mon dieu... Qu'est-ce que j'ai dit...

Sa propriétaire revenait prestement vers elle.

— Vous savez bien, l'amour est la plus belle chose du monde, et en même temps ce qui fait verser le plus de larmes...

— Non, c'est, c'est...

Kelly avait la gorge si serrée qu'elle ne pouvait parler. Elle montra le dernier mail de Lord Garrick en reniflant à nouveau.

— Oui... Et que se passe-t-il, fit l'autre après avoir lu et relu ce message d'amour.

Elle ne comprenait pas pourquoi il entraînait une telle crise chez sa locataire.

— Mais, ce n'est pas possible...

— Qu'est-ce qui n'est pas possible ? Qu'il vous aime ? Oh, vous en aimez un autre, peut-être ?

Ses sourcils s'abaissèrent pour exprimer son désaccord.

— Ah non, ne me dites pas que c'est à cause de Mike !

Kelly secoua la tête en signe de dénégation.

— Oh bien, je préfère ça... Car il n'a pas du tout été discret avec la sœur du châtelain, comment elle s'appelait... Alexiria, c'est ça ? Vous deux, au moins vous avez fait attention, mais lui, alors là, j'ai failli lui faire la leçon plusieurs fois, mais ça ne me regardait pas !

Kelly fut si surprise de cette remarque qu'elle en oublia de renifler pendant quelques secondes.

— Qu'est-ce que vous croyez Kelly... J'ai été jeune moi aussi... Et pendant la révolution sexuelle, en plus ! On croyait qu'on allait changer le monde, et puis les gens sont restés pareils. Mais ce n'est pas le sujet. Vous ne voulez plus de lui, c'est ça ?

Pour toute réponse, Kelly baissa les yeux.

— Ecoutez, avec mon âge, je connais un peu plus la vie que vous, même si je suis peut-être à vos yeux une croulante. Je ne sais pas ce qu'il se passe ni dans votre tête ni dans votre cœur. Ce que j'ai appris cependant, c'est d'abord qu'il ne faut jamais prendre de décision importante sous l'effet d'une grande émotion. Et ensuite qu'il ne faut jamais non plus prendre des décisions qui entraînent des remords.

Donc, nous allons boire ensemble notre thé, sauf que pour vous ce sera une tisane apaisante. J'ai vu que vous en avez une à base de valériane et de verveine, ce sera très bien. Puis vous allez me faire le plaisir s'il vous plaît de vous coucher. Les émotions et les larmes ça creuse et ça rince. Demain, vous y verrez plus clair. Vous saurez alors ce que vous devrez faire, en vous posant simplement comme question « est-ce qu'un jour je pourrai en avoir de la honte ou des regrets ? » D'accord?

Kelly acquiesça en embrassant sa propriétaire sur la joue.

CHAPITRE 6

Kelly passa une mauvaise nuit avec un sommeil haché. Des cauchemars l'accompagnaient dans les périodes où elle parvenait à dormir. Dans ses rêves se succédaient des scènes d'amour entre elle et Lord Garrick, et d'autres où elle était rejetée. Ainsi, après des images torrides de félicité amoureuse dans une chambre féerique, elle se retrouvait dans un bal où des femmes lui jetaient des amuse-bouche. Parfois, l'image d'Alexiria et de Mike lui apparaissait. La sœur de Lord Garrick ouvrait la bouche les yeux pleins de bonté, mais les mots ou les paroles douces qui en sortaient devenaient des crapauds ou des rats. Pendant ces horreurs Mike s'envolait dans un tourbillon éthéré en jouant de la guitare comme s'il était un ange.

Lors des périodes où elle restait éveillée, elle se remémorait les paroles de Mrs Brown et de Diana. Fallait-il mieux vivre un amour malheureux car voué à l'échec, ou lui tourner le dos en ôtant de sa vie l'espérance d'un bonheur temporaire ? Kelly était une personne trop entière pour vouloir des demi-mesures. Elle resta donc sur sa résolution initiale. Leur amour était un accident.

Aussi, lorsque la nuit prit fin, Kelly prit son téléphone. Elle avait au cours de ses insomnies réfléchi à mille tournures. Celle qui lui avait semblé alors la meilleure, ou la moins mauvaise, lui parut fade et sans envergure. Elle chercha ses premiers mots, puis écrivit posément :

« Franz-August, ce qui s'est passé entre nous était une erreur. Peu importe ce que tu penseras de moi. Mais sache que je ne veux plus jamais te revoir. Dis-toi que je suis la seule à mettre en cause si tu le veux. Ne tente pas de m'écrire, de me téléphoner ou de me rencontrer. Cette parenthèse dans nos vies n'aurait jamais dû exister. »

Après l'avoir expédié, elle enregistra toutes les coordonnées de son amant dans la liste noire de son smartphone, prit un somnifère et se rendormit.

Lorsqu'elle se réveilla, en début d'après-midi, son premier soin fut de regarder son téléphone. En raison de son inscription dans les indésirables, aucun message de Lord Garrick n'y figurait bien sûr en attente. Puis elle sortit, errant dans les rues, prenant soin cependant de se rendre dans des endroits et des jardins publics où elle était certaine de ne pas le rencontrer. Elle n'avait d'ailleurs aucune envie de voir ou de parler avec qui que ce soit.

Malheureusement, elle croisa dans un parc Diana, qui la reconnaissant alla vers elle pour la saluer. Interloquée en voyant le visage affligé de son amie, elle lui proposa de monter chez elle, en précisant que son mari était absent pour quelques jours. Kelly était trop faible pour refuser bien que ce fut son souhait le plus profond.

Kelly avait besoin de parler et de se confier. Aussi elle se laissa aller, et lui raconta tout. Diana l'approuva sur tout ce qu'elle avait décidé. Selon elle, qui n'avait toujours pas accepté l'aventure de Mike avec Alexiria, le château de Colombey était pour ainsi dire un cloaque. Il lui semblait également évident que Franz-August aurait répudié Kelly très rapidement. Puis elle proposa à Kelly de rester coucher chez elle. Après avoir hésité, elle accepta et appela Mrs Brown pour la prévenir et la rassurer ainsi.

Diana se mit alors en tête de cuisiner pour son amie. Kelly accepta de l'aider, et les deux jeunes femmes passèrent le reste de la journée aux fourneaux. Peu à peu le sourire revenait sur le visage de Kelly. Le soir même, elle se surprit à rire. Diana en fut ravie : elle avait gagné sa gageure.

Le lendemain matin, elles discutèrent de l'avenir. Diana, qui était dégoûtée de la conduite de Mike, était d'avis que Kelly s'éloigne de lui, et elle insista pour qu'elles participent toutes les deux à des concerts, en pérennisant leur duo. D'abord réticente, Kelly finit par accepter, à condition de pouvoir continuer parallèlement dans le duo Mikelly.

Puis Kelly rappela qu'elle était invitée pour animer un stage de chant à Glasgow le 3 juillet, et que Mike n'en faisait pas partie. Elle demanda à Diana si elle acceptait de l'aider. Le cachet serait partagé, et il marquerait le début officiel de leur association. Ravie, Diana donna son accord. Et, afin de préparer ensemble le stage, il fut décidé que Kelly resterait chez son amie jusqu'à leur départ vers l'Ecosse.

***** *****
**** ****

Le premier réflexe de Franz-August lorsqu'il reçut le message de Kelly fut de lui téléphoner. Sans réponse, il l'appela à nouveau de nombreuses fois. Kelly n'en fut même pas informée. Il chercha aussi à lui envoyer des messages électroniques. Les demandes d'accusé automatique de réception et de lecture qu'il demandait n'avaient pas de réponse. Il était choqué, effondré et ne comprenait pas.

Il prit alors le parti d'aller la voir. Il monta dans sa voiture et fonça sur Londres. Roulant vite et les larmes aux yeux, il échappa il ne sait pas comment à plusieurs accidents. Il arriva finalement à Nan Clark's Lane en début de soirée. Aucune lumière ne s'échappait des fenêtres de l'appartement de Kelly. Il décida d'attendre, sans trop savoir ce qu'il allait faire.

Le lendemain matin, il était toujours là. Quelques passants regardèrent curieusement cette voiture de luxe avec un homme au volant qui semblait y avoir passé la nuit. Des bribes de phrases le réveillèrent. Il avait froid. Il regarda à nouveau vers l'appartement. Rien n'avait changé. Toutefois, les volets avaient été fermés au rez-de-chaussée chez Mrs Brown. Il était à peine 7 heures du matin. L'heure était trop matinale pour aller frapper chez Kelly, ou demander des informations à sa logeuse. Il voulait savoir exactement ce qu'il s'était passé, et quelles étaient les raisons du mail reçu la veille.

Il rejeta l'idée de passer dans ses locaux de la City. Il aurait eu besoin de 1 à 2 heures, même par les transports publics, et autant pour revenir. Aussi, il se rendit dans un pub voisin prendre un rapide breakfast et se passer un peu d'eau sur le visage.

Lorsqu'il revint, Mrs Brown ouvrait ses volets et fenêtres. Il courut vers elle en l'appelant. Elle le reçut sur le pas de la porte. A toutes ses questions au sujet de Kelly, elle ne lui répondait qu'une chose. Cela tenait en un :

— Je ne sais pas ce qu'il s'est passé entre vous, je ne sais pas ce qu'elle fait maintenant ni où elle est, je ne sais pas ce qu'elle a à vous dire et cela ne me regarde pas.

Devant l'insistance de Lord Garrick, elle finit par reconnaître qu'elle avait reçu un message de sa part pour l'informer qu'elle s'absentait pour un certain temps. Mais non, elle n'avait donné ni détails sur son absence, ni instructions au sujet de Franz-August.

Totalement dépité, il remonta tristement dans sa voiture. Il alla dans ses bureaux londoniens, fit annuler tous ses rendez-vous pour le jour-même et les suivants, et s'enferma dans un salon qu'il avait fait transformer en appartement.

Les semaines passèrent. Franz-August était si épris de Kelly qu'il décida de pas chercher à la reconquérir. Son bonheur à elle lui semblait plus important que le sien. Elle avait choisi de le chasser de sa vie. Bien qu'il n'en connût pas la cause, il l'acceptait, par amour pour elle.

Kelly, elle, plongea encore plus dans le travail. Lorsqu'elle retrouvait Mike, pour leur duo, c'était à condition de ne jamais entendre parler de

Colombey et de ne jamais recroiser Alexiria. Elle put ainsi donner des concerts, parfois seule, parfois avec Mike, parfois avec Diana. Elle anima également de nombreux stages de chant et d'extériorisation de la voix.

Parfois, elle reconnaissait dans la presse la silhouette de Franz-August sur des photos de soirées de la haute société britannique. Il était toujours dans les arrière-plans, comme s'il s'agissait de photos volées. Alors, la nuit, malgré ses efforts, des larmes lui venaient aux yeux, comme autant de regrets sur un bonheur passé. Les lendemains, elle parvenait à dissimuler sa faiblesse des heures nocturnes à ses amis en travaillant encore davantage.

***** *****
**** ****

L'histoire aurait pu s'arrêter là si Kelly n'avait pas découvert dans la presse people un entrefilet informant les lecteurs d'un accident grave de voiture. Un jet-setter notoire, Mickey Trumpton, habitué des virées entre gens de « bonne société » et concurrent coutumier des Cannonball, ces compétitions illicites de voitures, avait détruit son bolide. Apparemment il voulait en faire une démonstration à un de ses amis, Lord Garrick, qui était dans le véhicule. Le pilote avait été gravement blessé.

Sans réfléchir, mue par une sorte d'instinct, Kelly appela aussitôt la docteure Surrey. C'était la personne la plus apte à lui donner des informations sur Franz-August. Le médecin lui donna toutes les précisions souhaitées. Son ami n'avait physiquement aucune séquelle de l'accident. Il s'en était tiré avec de simples bleus et une entorse cervicale bénigne. Par contre, elle considérait qu'une rencontre entre elles deux pourrait être une bonne chose. Kelly accepta.

Le rendez-vous eut lieu dans un salon de thé de Leicester Square, Kelly refusant d'approcher la Threadneedle Street. La docteure Surrey expliqua alors à Kelly que Lord Garrick allait en réalité très mal. A une première dépression due à leur rupture amoureuse s'ajoutait une culpabilisation liée à l'accident de voiture. Franz-August était en effet convaincu que Trumpton avait conduit trop vite à cause de lui. Il voulait lui montrer les capacités de son engin. Très inquiète, la docteure avait administré à son ami un traitement médicamenteux fort. Toutefois, elle considérait que seuls l'amour et l'amitié lui seraient une solution pérenne. Elle demanda donc à Kelly, au nom de son sentiment pour Franz-August s'il existait encore, de le revoir.

C'était beaucoup demander à Kelly. S'inquiéter pour quelqu'un est différent de le rencontrer, et encore plus de chercher à revoir quelqu'un dont l'amour vous a semblé trompeur.

Le médecin lui fit quelques confidences sur sa vie privée.

— Vous imaginez bien qu'un homme et une femme qui ont des âges similaires et qui s'entendent bien, ont eu une forte relation amoureuse ensemble. Donc, oui, j'ai aimé d'amour Franz-August. Et oui, il m'a aimé tout autant. Cela a duré de nombreux mois. Et un jour, comme vous, je lui ai dit non. Je ne connais pas vos raisons, et elles ne me regardent pas. Mais pour moi, sans entrer dans les détails, sachez que je me suis découverte autre que celle que je croyais. J'ai accepté cette situation et ma vie. Ça m'a rendue certainement plus heureuse que si je m'étais mariée avec Franz-August. Et lui-même a eu l'intelligence de me garder parmi ses proches. Quand on aime quelqu'un, c'est pour ses qualités. Sinon, quel nombrilisme d'aimer quelqu'un simplement car il s'intéresse à vous, ou car on apprécie de le prendre par la main...

— Vous le croyez sérieux en amour, vous ?

— Beaucoup plus que vous ne le croyez. Je vais même vous faire une confidence. Il vous aime encore tellement que vous êtes la seule personne dont il tait le nom lorsqu'on lui demande de citer des personnes importantes dans sa vie. Et quand on le prononce devant lui, c'est tout juste s'il ne se met pas à pleurer.

— Pourtant, dans sa famille...

— Vous parlez d'Alexiria ? Oui, elle est très changeante. Actuellement elle est toujours avec Mike. Ca fait huit mois. C'est long pour elle. Il m'arrive parfois de les rencontrer dans des soirées chez des amis. Il a l'air de vivre ça au jour le jour.

— Vous les rencontrez tous les deux dans les mêmes soirées, fit interloquée Kelly.

— Et bien oui. Ça vous étonne ?

— Souvent ?

— Et quand bien même ? Il est sympathique et intelligent. Le reste n'a pas d'importance.

Kelly se taisait, perdue dans ses pensées. Le Docteur Surrey se méprit.

— Mais d'où je viens, à votre avis ? Vous croyez que mon cabinet, je l'ai eu à ma naissance, avec déjà toute sa clientèle ? Non, le peu que j'ai, c'est à moi que je le dois. Mes parents m'ont élevée avec deux principes : savoir suffisamment aimer les gens pour leur sourire, et s'obliger à travailler même quand on n'en a pas envie car c'est le seul moyen de ne dépendre de personne. Et dans mes amis j'ai des gens très riches comme Alexiria ou Franz-August, et d'autres qui sont obligés de travailler 10 heures par jour en étant payés avec un lance-pierre. L'argent n'est pas ce qui différencie les gens.

— J'aimerais tellement vous croire...

— Oui, bien sûr, l'argent permet d'avoir plus de chances au départ. Mais je peux aussi vous raconter mes mois passés à Bombay dans les bidonvilles à la fin de mes études. J'y ai trouvé des gens extraordinaires et de véritables ordures. Et regardez Alexiria et Franz-August. Ils ont reçu la même éducation. Et l'une saute, enfin jusqu'à il y a huit mois, sur tout ce qui porte pantalon, et Franz-August ne jure que par ce qu'il doit à Élizabeth II grâce à son oncle. Croyez le dicton de ma mère : seuls le travail et l'amour des gens comptent. Tout le reste c'est de la littérature.

Pour en revenir à Franz-August, car on s'en est éloigné, je pense que ce serait bien pour lui. Le choix est entre vos mains.

— Si vous dites qu'il va mal et que je peux l'aider, comment pourrais-je dire non ?

***** *****
**** ****

Kelly rentra chez elle très perturbée et en même temps extrêmement joyeuse. Elle avait donné son accord pour revoir Franz-August. Maintenant, son cœur battait la chamade. Heureuse, oui elle l'était, car tout au fond d'elle, le sentiment qu'elle avait pour lui n'avait jamais cessé. Et toutefois elle s'interrogeait. Comment la recevrait-il ? Car qui avait mis fin à leur histoire d'amour, sinon elle ?

Lord Garrick avait été admis dans une maison de repos aux abords de Londres. Le docteur Surrey y emmena Kelly dès le week-end suivant. Il s'agissait d'une majestueuse bâtisse en brique dans un parc à proximité d'une forêt. Lorsqu'ils arrivèrent à l'entrée, un vigile exigea de vérifier leurs papiers, et il ne leur accorda l'autorisation d'entrer que lorsqu'il eut confirmation qu'ils étaient attendus.

Leur voiture remonta une longue allée rectiligne bordée de hauts arbres : tilleuls, saules et peupliers. Leurs feuillages se rejoignaient au-dessus de l'allée, offrant au visiteur une nef de verdure. De chaque côté, derrière des talus peu hauts, on distinguait des arbres à fleurs : lilas, mimosas, cognassiers, cerisiers....

Ils se garèrent dans un parking et se dirigèrent vers la réception. Lord Garrick les y attendait déjà. Après avoir salué le docteur Surrey, il se tourna vers Kelly.

— Quelle heureuse surprise. Je ne pensais jamais te revoir. Mais ça me fait plaisir. A moins que ça signifie que je sois vraiment très malade, ajouta-t-il en se tournant vers son amie médecin.

— Ton corps va très bien, je te l'ai déjà dit. Tu pourrais même déjà te remettre au sport si tu voulais.

Et elle ajouta à l'intention de Kelly :

— Ils ont une super salle, ici, et des kinés aux petits soins pour leurs patients !

— En attendant que je prenne ce genre de bonne résolution, je peux toujours vous faire faire le tour du propriétaire. Il y a une belle vue par là-bas sur la Tamise, fit-il en tendant le bras vers une direction.

— Pourquoi pas... Allons-y, accepta Kelly.

— Les enfants, je vous laisse, déclara alors la docteure Surrey. Cette maison de repos a un bar qui prépare d'excellents cocktails. Vous m'y rejoindrez dès que vous voudrez.

Kelly ne savait plus que penser. Tout son amour pour Lord Garrick revenait. Elle sentait la chaleur de son corps à ses côtés. Elle avait envie de prendre sa main, de sentir la douceur de sa peau contre son bras. Ils marchèrent en silence. Le parc était vide d'occupants. Un banc se présenta à eux, au bord d'une fontaine. Ils s'assirent. Lord Garrick prit sa main. Elle se laissa faire. Puis il se pencha vers elle.

— Pourquoi es-tu venue ?

Elle ne répondit pas.

— Je suis heureux que tu sois là. Je crois même que je suis très bien quand tu es là. Ca me ferait plaisir que tu reviennes.

— C'est vrai ? Murmura-t-elle.

— Plus que tu crois...

Il posa enfin la question que redoutait Kelly.

— Qu'est-ce que je t'ai fait ? Pourquoi es-tu partie ?

— Je suis là, tenta-t-elle d'esquiver.

— Oui mais avant tu es partie.

Il ferma les yeux et récita :

« Franz-August, ce qui s'est passé entre nous était une erreur. Peu importe ce que tu penseras de moi. Mais sache que je ne veux plus jamais te revoir. Dis-toi que je suis la seule à mettre en cause si tu le veux. Ne tente pas de m'écrire, de me télépho... »

Il s'interrompit en voyant que Kelly baissait la tête pour cacher des pleurs silencieux.

Il lui prit les deux mains.

— Kelly, j'ai besoin de savoir. Qu'est-ce que j'ai dit, qu'est-ce que j'ai fait ? Suis-je si immonde ? Suis-je cette abomination que me chuchote une petite bête dans la tête ? Et toi qui es-tu devant moi ? La femme que j'ai aimée, que j'aime encore ? Le souvenir d'un instant de bonheur qui ne peut pas revenir ? Ou juste une ancienne relation qui a pitié ?

Kelly baissa la tête.

— Pourquoi es-tu partie ? reprit-il.

— C'était l'amour entre une bergère et un prince. Ce n'était pas possible. Cela allait trop vite. C'était trop fort.

— Trop vite et trop fort ?

— Tes messages d'amour étaient magnifiques. Je pourrais te les réciter moi aussi si tu veux. Je sais qu'ils sont vrais. Je crois en la sincérité de tout ce que tu m'as dit et écrit. Mais ce n'était qu'un feu de paille. Que suis-je moi, par rapport à toutes les femmes que tu connais ? Elles valent cent fois mieux que moi. C'est avec elles que tu dois vivre. Pas la petite chanteuse sans argent comme moi. Je t'aime tant. Je ne veux pas n'être qu'une maîtresse de plus pour toi.

— Une maîtresse ? Tu ne comprends donc pas que je t'aime tant que je veux pouvoir vivre avec toi, toujours, tout le temps.

— Arrête, tu me connais à peine.

— Non Kelly. je te connais depuis bien plus longtemps que tu crois. Souviens-toi, je t'avais dit qu'un ami t'avait vue sur scène en février à Heathrow. Cet ami, c'était moi. Et c'est là que je suis tombé amoureux de toi.

— A ce concert ?

— Je pourrais te le décrire chanson par chanson. Tes habits, tes mimiques, tout...

— Mais ce n'était qu'une image de moi...

— Ta personne transparaissait à travers ce que tu montrais. C'était toi. Tu es une véritable artiste. Celle que j'ai vue sur scène était belle, généreuse, attentionnée, cultivée, intelligente, avec de l'humour, du savoir-vivre... Comme lorsque je t'ai revue ensuite, chez toi, chez moi, dans ce restaurant italien. Et même dans mes bureaux lorsque tu as eu ton malaise.

Oh, qu'est-ce que je m'en suis voulu d'ailleurs. C'est pour ça que j'ai préféré te ramener. Pour n'importe qui d'autre, j'aurais fait appeler un taxi. Mais toi, tu es à mes yeux la plus importante personne au monde.

Il y eut un silence. Puis il reprit :

— Comment peux-tu imaginer que je n'ai vu en toi qu'une maîtresse ?

Kelly restait muette, le regard baissé.

— C'est mon amour à moi qui te fait peur ? Ou est-ce l'amour tout court ?

Elle haussa les épaules timidement.

— Bon. Puisqu'il te faut le prouver, reprit-il.

Il se leva avant de s'agenouiller devant elle.

— Kelly, ma chérie, mon seul et véritable amour, acceptes-tu de devenir ma femme ?

Un explosion de joie et de bonheur se fit dans le cœur de Kelly. Elle s'agenouilla aussi devant lui, le prit dans les bras, et, pleurant de bonheur, le couvrit de baisers.

— Oui, oui, oui... Oui, moi aussi je t'aime.. Et oui, j'accepte ta demande et ton amour.

FIN

J'espère sincèrement que ce livre vous a plu, et que vous avez eu autant de plaisir à lire cette histoire d'amour entre Kelly et Franz-August que moi à l'écrire.

Si c'est le cas, j'ai un service à vous demander pour que ce roman puisse continuer à vivre. Vous savez à quel point les avis des lecteurs sont importants dans notre monde. Alors, si vous le voulez bien, ce serait sympathique de partager votre ressenti sur les plateformes numériques où ce roman est en vente, c'est-à-dire pour ainsi dire toutes. Et je vous en remercie dès maintenant.

J. Delahaie